川端康成と『掌の小説』

宇野千代、伊藤初代、「首輪」など

森　晴雄

目次

「椿」――宇野千代「その娘のこと」に触れつつ

「創作時代」の昭和三年三月号に発表され、『水晶幻想』（改造社、昭和9・4）に「禽獣」「騎士の死」「それを見た人達」「慰霊歌」「女を売る女」「夢の姉」「父母への手紙」「結婚の技巧」「寝顔」「水晶幻想」とともに収録された、掌の小説「椿」は、「十七で男を崖から突き落とした」女中・お加代あての、主人公「僕」（木谷）が誌した手紙で構成された小説である。

初出では「南国の娘に与へる手紙」と副題が付せられていたが、初刊本収録のさい削除された。娘に宛てるというより、「僕」自身に対する意識が強いと、作者が判断してのことであろう。川端の「独影自命――作品自解」の「十二ノ八」（『川端康成全集　第二巻』の「あとがき」新潮社、昭和23・8）には

そのころ熱海を書いた短篇には、「死者の書」のほかに、「椿」（全集第二巻）、「女を殺す女」（全集第二巻）などがある、「椿」の葬式を見る村は多賀である。

と、お加代の故郷が熱海から近い、東伊豆の多賀（熱海から約六キロ）であることを明らかにしている。なお、川端は昭和二年十二月から翌年の五月まで、熱海の鳥尾別荘を借りて住んでいた。

以下、四百字詰原稿用紙で約16枚半、全三節の「椿」の書き出し部分と末尾部分を中心に、宇野千代の「その娘のこと」にも触れながら、その作品世界を考えてみたい。

一　「女が見ても色っぽい」小説

「僕」の職業については明確に誌されていないが、作品の書き出しに

　女が見ても色つぽい。――君の奉公してゐる温泉宿に滞在してゐた女流小説家が、君のことをそんな風に書いてゐた。君はあの小説を読んださうだな。

とあるので、女流小説家と同じ小説家と理解できよう。

また、この「滞在してゐた女流小説家」のモデルは、宇野千代のことと推測出来る。「椿」の作者、川端が湯ヶ島で交遊関係のあった女流小説家は、尾崎士郎の妻、宇野千代だけだからである。大塚豊子篇「年譜」（『宇野千代全集　第十二巻』中央公論社、昭和53・6）の「昭和二年」の項には

　七月、千代夫婦は、広津和郎を誘って湯ヶ島の湯本館に滞在、

とある。

「君はあの小説を読んださうだな。」と「椿」に誌される、お加代の手にした実際の小説は、宇野千代が「若草」の昭和二年九月号に発表した、四百字詰原稿用紙で約十枚の掌篇小説「その娘のこと」である。後に『新選宇野千代集』（改造社、昭和4・9）に収録された。

宇野千代が初出を発表した「若草」の同月号に掲載された、アンケート「女性の作家に対する希望」で川端は、「体や心に近い作家の影響をあまり受けないこと。」と答えているので、「その娘のこと」を雑誌で読んだのであろう。「その娘のこと」は

　伊豆へ来てから五十日になります。昨日行李《こうり》を片附けて、着汚れた半纏《はんてん》をやつと、洗張屋《あらいはり》へ遣つて貰ふやうに頼んだのです。

と書き出され、「はつちゃん」と「澄ちゃん」という二人の宿の女中が登場する。

はつちゃんについては、「私」によって「あの淋しい、お愛想の好い笑顔」「頬や唇に言ひ知れぬ寂しい影」と説明され、本人は二十二の丙午《ひのえうま》生まれというが、「私」は二十七ではないかと思い、「何か、年齢を隠さなければならない、何か訳があるやうな気がしてなりません。」と、謎のありそうな人物と誌されている。

このことは誰もが思っていることで、もう一人の女中・澄ちゃん（モデルは「椿」で描かれるお加代と同一人物）と「私」が、御風呂で一緒になったときに話題になる。澄ちゃんについては

　この娘はまだやつと十六になつた計りですが、ついこの間まで小田原の方で雛妓のやうなことをしてゐたのだとかで、体はまだほんの子供だのに形ばかり、それは色つぽい。

と子供なのに「それは色つぽい」と説明されている。川端の「椿」での「女が見ても色つぽい。」とほぼ同じ表現である。「その娘のこと」では続けて

　この宿へついた許りの夜のことでありました。私はうす暗い廊下の行きずりに、はつとして立ち留りました。可愛いい、髷のゆらぐやうな頭一ぱいの大きな桃割を結つて、その娘が、蛇のやうに体をくねらせて、私の側をすりぬけて行つたからであります。そのとき、私はこの私自身が、情欲にかはいたたくましい男かと思ひました。ぎくつと、その感じが胸を掠めたのであります。


と、「椿」の「女が見ても……」にあたる、「私自身が、情欲にかはいたたくましい男かと……」という、官能的な描写がなされている。

「小田原の方で雛妓のやうなこと」は、「椿」ではお加代は「造花を拵へてゐる芸者家」にいたと変更して描かれている。

以上のように、宇野千代の小説の印象的な一節を、川端は「椿」の書き出しに引用し、「その娘の

こと」に描かれた澄ちゃんを、別の面からとらえて作品を綴ったと考えられる。

「椿」の背景を理解する上での参考までに、「その娘のこと」の内容を続ければ、次のようになる。澄ちゃんについて「この宿へ来て五十日にもなつたいまでは、可哀さうに、この愛すべきコケットが、私には痛々しくて仕方がありません。」と、「私」の評価を大きく下げている。

ませた口調で年上の女中・はつちやんについて、「はつちやんははつちやんと言ふ名もほんたうかどうか分りませんのよ。」「お巡りさんが来るとそれは厭がりますのよ。」と噂するませた女中として、「色つぽい」魅力が半減して描かれている。

川端の作品では、これらの面についてはこれ以上触れることはない。

「その娘のこと」では澄ちゃんについての描写はここまでで、別の旅館で心中未遂をし三月前から「私」と同じ宿に来ている男（吉川三次）とはつちゃんとのことに移る。

男が暗い湯槽のなかで体を横たえていると、はつちやんがそっと入って来る。「浴槽の中の男とそとから来たはつちゃんとは、お互いに白いものの影におびえて、殆んど同時に声を上げた。その声に、二人はなほのこと動けなくなつた」と男は語り、はつちゃんについて「あの娘は、何か、暗い過去を持ってゐますよ。何か、つぐのひおほせなかつた罪のやうなものをね、……あの娘は何か、恐ろしいひけ目を感じてゐるのですよ。」と述べる。

この言葉について、「私」は「ほんたうの観察」かもしれないが、「一緒に自分のことをも話してゐる」としながら、最後に「こんな男の話はあてになりません。」、はつちゃんは「まだ二十二の、たゞ少うし感じ易い心を持つた、ただの娘かも知れない。」のに、「五十日も九十日も、何の変化もなく暮してゐる、その退屈な心が考へ出す、ただの詰らない感じに過ぎないのかもしれません。」と、「男」

と「私」の「退屈な心」が生み出す、単なる妄想かもしれないとして作品を閉じる。

同じ登場人物を取り上げて、「はつちゃん」中心の「その娘のこと」に対して、お加代（「その娘のこと」では澄ちゃん）を中心に、「色つぽい」以外の魅力を新たに加え、他の女中を登場させて描いたのが、川端の掌篇小説「椿」と考えられる。


その他、川端の「椿」の中の「色つぽい女」が描かれた「小説」については

　小説の話はそれつきりになつたが、まるで写真にでも取つたやうに自分の性質を文章に書かれてみると、どんな気持がするものかね。まして今度のやうなことがあつたりすると、あの小説を思ひ出しはしないか。


と誌されている。「自分の性質」が写真のように文章に写されるとあり、お加代の性質が正確に「あの小説」に描かれていると「僕」が考えていることが分かる。

「椿」の文中では「女が見ても色つぽい。」以外に、「二」節の末尾部分に「色つぽいので浮気つぽく見えるだけの小娘の君が、ませてるといつても十三四の少女のやうなことを面白がつたりする君」と書かれている。男にとって「浮気つぽ」い娘を、先に引用した「その娘のこと」を視野に入れれば、十三四の小娘であっても「仇つぽいしな」で男の情欲を刺激する娘ということになる。

女さえ刺激する「色つぽい娘」なら、知らず知らずのうちに「一夜泊り」の学生が勘違いして、相手の娘もその気になっていると思っても当然である。

書き出し部分の「椿」では続けて、次のように誌されている。


　今度のことと言はれて、君は驚くだらう。………その今度のことを僕はなんとも思はなかつた。――と言ふのは、びつくりするにはしたが、君をいけない娘だとか、小娘のくせにけしからんと

か、つまり決して君が悪いとは思はなかつたんだよ。それどころか、傷ついた心の慰めにもならうかと思つて、こんな手紙を書いてゐる。

「僕はなんとも思はな」い、「君が悪いとは思はな」いと、「僕」は世間のお加代への批判にくみしない。それどころか励まそうと思って、手紙を書き出したのである。

二　「少年らしい夢」と「哀れな男」

「今度のこと」でお加代が沈みきっていると考え、手紙を書き始めた「僕」は、書き進めていくうちに、次のような現在の心境を吐露する。「椿」の結末部分の「三」節である。

少年の夢みたいな手紙を書いてしまつたね。ここでやつと僕は気がついたよ。僕の残しものを食べるなんか、君にはあまりにたわいのないことだと。墓場へ行く柩の前の蜜柑や枇杷《びわ》に飛びついて食べる少女――君もその村で育つたのだからね。

「僕」は「君」（お加代）を覚えている理由として、「『女が見ても色つぽい』ため」や旅館で「長いこと僕の世話をしてくれた」以外に、「君の秘密を知つてゐるからだ。」と「一」節で誌している。「君の秘密」とは「僕が食べ残したものを半年余りも食べてゐた」ことである。

それを聞いた「僕」は、「わけもなく頭を垂れ」「なんだかすまない」気がし、「僕」ではなく「君が哀れ」と思う。そして、自分が口にしたものを「美しい少女が毎日食べてゐた」と考えると、「君がいとしく思へてならない」のである。「いとしさ」の要因は

ちやうど乳房から乳が流れ込むやうに僕の口をつけたものが君の体へ流れ込んでゐると感じる――そんないかにも少年らしい夢を見る僕を君は笑ふだらう。

とあるように、「美しい少女」と「僕」との同一化、一体化である。「美しい少女」と同じと自分を想像することは、「少年らしい夢」を持つ「僕」にとって、何という素晴らしいことであろう。

「勿論、哀れむのは僕が間違つてゐる」と考える「僕」は、「いかにも少年らしい夢を見る僕を君は笑ふだらう。笑ふだけならいいがその厭らしさを憎むだらう。」と、「少年らしい夢」を素直に喜ぶことはできない。しかし、それが自分の弱さからくる「弱い夢」であると分かっていても、「僕」は夢を見ない訳にいかない。

こんな風に考えていた「僕」が、残り物を食べることは「あまりにたわいのないこと」だと気づいたのは

　墓場へ行く柩の前の蜜柑や枇杷に飛びついて食べる少女——君もその村で育ったのだからね。

と「三」節にあるように、「僕」が一人で「熱海から海岸伝ひに網代の港を通つて、伊東の温泉へ行く自動車道」から、お加代の「熱海の海岸続きの故郷の漁村」を尋ねたからである。

この時の少し遠い「散歩」については、「二」節の後半に次のように説明されている。村の入口にあって、村の全景が見える「墓場」、そこに「僕」が着いたとき「葬式の柩《ひつぎ》が街道の下のお寺から墓場へ上つて来」る。「椿と蜜柑と枇杷」の「三つの花束」の供花《きょうか》は、「みづみづしく見惚れる南国」や「南国の海」を思わせる。

「椿の花束は僕にまた少年らしい夢を見させるのだ。」とあるように、ここでも「僕」は「少年の夢」を見る。その夢は次のようなものである。

「椿の赤い花」は「どうしても若い娘」であり、「頬の紅い南の漁村の娘」を想像させる。そして、柩の中の「村の花束」は「南の漁村の乙女」であり、「君の一生がたとひ悪鬼のやうに恐ろし」くても、

「柩の中の君を純な乙女」と思わせるような、若い純潔な乙女である。

そんなことを考えていると、学校帰りの女の子が柩の前の供花に飛びつき「むしり取って食べる」のを見る。少女時代のお加代も柩や死者に全く拘らない、この村の出身であった。そのことがお加代の強さを、「僕」の弱さを気づかせたのである。

なお、好きな人の残り物を食べることは、後に「温泉宿」の「B　秋深き」（初出「彼女等と道」、「文芸春秋」昭和5・1）で、宿の女中の話として描かれている。

また、長い滞在の客が好きになつた場合、彼女等は客の膳の残り物を自分の膳に移して、食事をする。しかし、あくまで「彼」の膳の場合だ。女の膳の物は、本能的にか、見向きもしない。「病気のない人つてことが分つてるし、穢《きたな》かないわ。」と、彼女等の一人は彼女等に言ひながら箸をつける。

しかも、この女らしい、そして家庭的な現はれを、あくまで貫くためであらうか。一人の男の残し物は、彼女等のうちの一人だけが食べ続けるのだつた。

そして、戦中の掌の小説「ざくろ」（「新潮」昭和18・5）に、若い娘が出征する青年の食べ残しを口に入れる印象的な場面として誌されている。母が差し出したざくろを

「いやよ、きたない。」

顔をしかめて、身をひいたが、ぱつと頬が熱くなると、きみ子はまごついて、素直に受け取つた。

上の方の粒々を少し啓吉が齧つたらしかつた。

母がそこにゐるので、きみ子は食べないと尚変だつた。なにげない風に歯をあてた。ざくろの酸味《さんみ》が歯にしみた。それが腹の底にしみるやうな悲しいよろこびを、きみ子は感じた。

また、棺の供花を食べることについては、「椿」発表の十ヶ月後に短篇小説「海山叙景詩」（「新潮」

昭和4・1」）に、同じ挿話が会話文を中心に次のように紹介されている。

　そこへ学校帰りの少女達が通りかかつて、

「おくれよ。」

「おくれよ。」

「蜜柑をおくれ。」

「枇杷をおくれ。」

　皆が口々に叫びながら、棺の前の供花に飛びついて行つた。


「椿」の末尾は続けて、お浅、お勝という二人の女中について触れ、お加代とともに「僕の育って来た世界」との大きな違いが誌される。

　鮪船で鹿児島へ行つたお浅さん、満洲から一人で帰つたお勝さん、それに十七で男を崖から突き落した君――それを僕が珍しがるのは、僕の育つて来た世界から見てのことなんだね。

お浅、お勝、お加代の三人を並べて、「僕」とは異質の世界の人であることを強調する記述である。お浅、お勝の具体的な行動については、お加代の故郷を描いた「一」節の場面の後に説明されている。

お浅さんは、十六の時に二十人近くの男だけの漁師の船に一人で乗り、下田から鹿児島まで行ってふたたび下田まで戻ってくる。僕はその「大膽な振舞ひにあつけにとられた」が、お浅さんは「それを至極なんでもなく僕に話」す。

十六歳の娘が「男の子みたいな気持で乗つて行つたにちがひない。」と「僕」は思い、「南国の港はそんな娘を産むのかと思はずにゐられな」い。

これらのお浅さんのことも、前述の「海山叙景詩」に「この南国の暖かい国の話をしてゐると朝子が、」として、主人公の「彼」と朝子の会話を中心に紹介されている。

「鹿児島へなら私も鮪船に乗つて行つたことがございますわ。」

「どこから。」

「伊豆の下田からです。」

「下田からつて君、一体幾日かかるんだね。」

……（中略）……

「帰りもその船かい。」

「ええ。」

また、南国の娘についても、「彼」と一緒の花子が朝子の話を聞いて
「ああ、驚いた。男の子みたいね。――南国の娘つて、あんなこと平気なのかしら。至極なんでもなく話したわね。」

「生きる晴れ晴れしさをあやかるんだね。」

と誌されている。

お勝さんについては、「十三の時に満州から一人で帰つて来」て、「君と同じように継母にいぢめられた。」娘と、簡潔に誌されている。同じ内容が掌の小説「一人の幸福」（「若草」大正15・7）にお勝さんを主人公として、詳細に描かれているからである。

そして、「椿」の「二」節の末尾では、宿に働きに来た沢山の女の不仕合せな身の上を聞くと
若い娘がたとひどんなことをしてもそれはあたりまへだと咎める気がしなくなつたんだよ。

として、「君が今度のやうに学生を崖から突き落したことも、君が十一の時生れた乳飲児を君の手一

つで三つになるまで育てたことも、僕には同じやうに考へられるのだ。以前のことを褒めないなら今度のことも咎められないとね。」と、お加代の学生への行為を「僕」が責めない理由を明確に説明している。

「椿」は、「僕」の次のような手紙の文章で終結する。

　不思議がつて少年らしい夢でごまかす僕が哀れな男なんだね。弱々しくて力のない。しかし、君やお浅さんやお勝さん、そんな娘達はどうなつて行くのだらう。いや、なつて行くのでなく、この世の中をどうして行くのだらう。それに力を合せられないらしい哀れな男は、その世の中を楽しんで待つてゐよう。これもまた僕の少年らしい夢か。

残り物を食べるお加代を、最初は「哀れ」と誌した「僕」は、最後には「僕」の方こそ弱々しい「哀れな男」と確信に満ちた判断をする。

この「椿」の末尾には、行動的で力強い若い娘との対照的な姿を通して、自らを「哀れな男」と認識する「僕」が浮かび上がってくる。

「どうなつて行く」という他人任せの態度ではなく、これから「どうして行く」という自分自身の行動で世の中を変えていく、若い娘達の積極的な態度を想像して、「僕」は「待つてゐ」る。それは「少年の夢」のような、自分だけの期待にしか過ぎないにしても。一緒に行動出来ない「僕」にとっては、せめてもの希望であった。

以上のように、作品末尾の三百五十字程の「三」節には、「僕」の現在の心境が明瞭に綴られている。

三　「少年の夢」と「退屈な心」

宇野千代の「その娘のこと」が、伊豆の温泉に五十日滞在している「私」の、「退屈な心」が描かれているのに対して、川端康成の「椿」は世の中と関わりを持てない「僕」を「哀れな男」として、娘達の行動力に期待する「少年らしい夢」を描き出す。それがはかない夢にしか過ぎないにしても。

人生の暗いトンネルの中にいる二作品の主人公……将来に明るさを見出だせない「私」（「その娘のこと」）と、一縷《いちる》の望みを託す「僕」（「椿」）……のそれぞれの心境が、同じ伊豆の温泉を舞台にして描かれたのが、「その娘のこと」であり「椿」であった。

当時の川端は、前年の三月にそれ以前の作品をまとめた第一作品集『伊豆の踊子』（金星堂）を出版、五月には創刊以来の同人誌「文芸時代」が廃刊され、次の飛躍に至る停滞の時期であった。

「椿」執筆とほぼ同じ時期に、エッセイ『文芸張雑《はりまぜ》』（「東京帝国大学新聞」昭和３・２・13）を発表している。その中の「張雑」に

> 個性に雑多な書画をはりまぜられて、個性を失ひかかつてゐるのは、僕ばかりではあるまい。失ひかかつてゐるといふのは語弊があるが、個性の動揺を感じ、個性の危険を感じてゐるのは、若い文芸家諸君に共通な受難であらう。文芸家ばかりでなしに、全知識階級の受難であらう。

と誌される言葉は、大学生に向かってだけでなく、「椿」の「僕」にも通じるような、川端自身の迷いの言葉でもあろう。

「離婚の子」の小説家
――尾崎士郎・宇野千代に触れて

「彼も彼女も小説家であった。」と書き出され、「新潮」の昭和四年六月号に発表された（執筆は昭和4・5）、掌の小説「離婚の子」（四百字詰原稿用紙で約九枚半）に描かれた「小説家」のモデルは、尾崎士郎と宇野千代である。

川端は昭和三年五月に尾崎士郎に誘われて東京・大森の子母沢に居を移し、「馬込文士村」の住人として尾崎、宇野夫婦と交流した。また前年には伊豆湯ヶ島の湯本館での二人との交わりも深かった。川端は意識することなく自然に、離婚直前（正式の離婚は昭和五年八月）の尾崎・宇野夫婦の当時の状況を知っていたと考えられる。

川端は「独影自命―作品自解」の「十一ノ十五」で

「離婚の子」も大森で書いた。図式のやうに明白な書き方に、子供が主人公である。子供が出なければお話にならない。

と自作自解しているが、それは大人の離婚の話では、余程特異な内容でなければ陳腐さを免れないというだけでなく、子供を中心にしなければ、尾崎・宇野夫婦の実生活をなぞっただけに陥ると思ったからであろう。

全七節で構成される「離婚の子」の「一」「二」「六」節の冒頭部分に、夫婦であった小説家の彼と彼女の関係が説明されている。

「離婚の子」については、副題に「街道の上の青空」として「異国 19」（平成10・5）で論じているが（『川端康成「掌の小説」―「雪」「夏の靴」その他』龍書房、平成28・3に収録）、そのとき触れなかった小説家のモデルについて誌してみたい。

以下、「離婚の子」に描かれる小説家が尾崎士郎・宇野千代夫婦をモデルにしていることを、尾崎・宇野の文章を引用しながら述べていく。


最初の節の「一」には夫婦が小説家であることについて、次のように説明されている。


彼も彼女も小説家であつた。二人とも小説家であるといふことは、彼等が結婚するに十分な理由であつた。と同じやうにまた、彼等が離婚するに十分な理由でもあつた。

二人の結婚は美しかつた。なぜなら、彼女は離婚する力を持つてゐたから。

二人の離婚もまた美しかつた。なぜなら彼女は友だちとなれる心を持つてゐたから。


同じ仕事をしている人間の結婚は、同じような価値観を持っていて相手の気持も分かるという意味では、十分過ぎるほどの結婚の理由になる。しかしそれはまた、同じ作家であるという意味ではライバルであり、相手のことを意識し過ぎて上手くいかないともいえる。これが冒頭部分の「二人とも～理由でもあつた。」の内容である。

そして、彼女に「離婚する力」があるとは、専業主婦とは違って、経済的にも精神的にも夫に頼らずに一人で生活出来るからである。

それは宇野千代が「私はながい間、金を目的に仕事をしました。何を書くのか決めるのは、何が金になり易いかと言ふ判断だったのです。私の処女作は或る娼婦の生活を書き、第二作は社会主義的な傾向小説を書きました。……文学に確固たる目的があると気がついたのは、さうです、六十を過ぎてからでした。」(『私の文学的回想記』中央公論社、昭和47・4)と回想するように、文章で収入を得て、経済的に逼迫《ひっぱく》していなかったからである。

そして、「友だちとなれる心」とは、尾崎に若い恋人ができても「私は尾崎に対して、一度も悪意を持ったことがないのです。……私は尾崎が好きでした。その、好きな人のすることには、邪魔をしたくない。邪魔をしないで好きなことをさせたい。」(同上書)と思っていて、彼女は離婚しても相手に憎しみを持たず、今までと同じように思いやりをもって接することが出来る性格だからである。

ここで注意しなければいけないのは、結婚・離婚の「美しかつた」のは夫婦ともにその能力を持っているからでなく、「彼女」の方がということである。それは宇野千代を頭に浮かべているからであろう。

次の「二」の冒頭には

彼の小説と彼女の小説とが、同じ月の違つた雑誌に出た。彼の小説は別れた女への、彼女の小説は別れた男への恋文――広い空に求め合ふやうな恋文であつた。

と、離婚後のそれぞれの発表した小説が、相手への「恋文」であることが誌されている。「離婚の子」の執筆が昭和四年五月、その前月号に宇野千代は短篇小説「月夜の便り」(「文芸春秋」昭和4・4、『新選宇野千代集』改造社、昭和4・9に収録)を発表している。

私は良人はどこへ行つてゐるのか知つて居りました。あの古風な人情家の優しい心をもつてゐた男は、誰の心をも傷けないで戻る事が出来るものならば、どのやうに私のところへも戻つて遣りたいと思つてゐたことでありませう。

いまはあのやうにも苦しかつたそれらの沢山の夜夜さへも懐しい。私のあの男に対する愛情はいつの間にか、伝説のやうに美しくなつてゐるのです。

夫の思いやりを推察し、「伝説のやうに美しくなつてゐる」とは、別れた男への深い愛情の表れである。川端康成は「文芸時評」（「文芸春秋」昭和４・５）で

さて、四月の創作で優れてゐると思つたのは、

佐藤春夫氏「陳述」（中央公論）

宇野千代氏「月夜の便り」（文芸春秋）

「小説界の一年」（『新文芸日記』昭和五年版、昭和４・11、新潮社）で

宇野千代氏も「月夜の便り」（文芸春秋四月）、「稲妻」（中央公論三月）その他、連月の佳作とは云へ、女性らしいこまやかな感情を、稍感傷的に歌ひ続けた憾みがある。

と、「月夜の便り」を高く評価している。

また、尾崎士郎の作品は、宇野の作品と「同じ月」ではなく

尾崎士郎氏は「悲劇を探す男」（中央公論一月）、「東京郊外」（新潮七月）、その他多くの作品に、彼の詩情とインテリゲンチャの苦悩との交錯を、いろんな形で現した。（「小説界の一年」）

と誌された、同年の「中央公論」一月号に発表した「悲劇を探す男」であろう。

妻の「ねえ、あなた、わたしたちの生活はほんたうにもう終つてしまつたの？」という問いに主人公の「おつと」は次のように答える。

「そうだ、――おれたちの生活は終つたのさ。だが、終つたといふことは始まりだといふことなのだ。ほんたうの生活はこれから始まるのだ。それに」と、わたしは言葉の調子を変へて自分の心に呼びかけるやうに言つた。

「どつちみち、もう此処まで来てしまつてゐるんだからね。勇を鼓して前へ進むのだ！」

夫の妻への新生活への励まし。そして妻からのこれからの生活への助言の言葉。

「――これから、あなたがどんな女に恋することがあつても。家庭的な生活だけはしないことさ、――ね、若しあなたが新しい家庭をつくるやうだつたら、それこそ前の生活の中の悪いものだけをうけ継ぐことになるのよ、さうなると、あなたはきつと滅びてしまうわ」

二人は完全に終っているようにみえても、相手へのお互いの気遣いが感じられることを、川端は求めてもなかなか達成できない、二人の「恋文」のようだと表現したのである。

「六」の冒頭の

「お前の小説が僕の作風の影響を綺麗に棄て去るときが来たら、もう一度一緒になつてもいいね。」

「そんな風に改まるのは厭、あなたの必要な時に、私はいつでもあなたの恋人なの。」

そんな風に別れた彼等であつた。

と誌される二人の「作風の影響」については、尾崎士郎が「未完成である」（「新潮」大正15・6）で明確に答えている。

宇野千代は私の妻である。しかし、芸術家としての彼女は必ずしも私の妻ではない。彼女の芸術観と私の芸術観との間には根柢において大きな溝がある。彼女には彼女のゆくべき道があり、私には私のゆくべき道がある。しかし、不幸にして、われわれが起居を共にする夫婦であるがために（これは不幸とは言えないまでも幸福ではない）私が知らず知らず彼女の影響を避けることができないと同じやうに彼女も亦、自づから私の影響を彼女の中に取り入れてゐるらしい。

作家としての彼女は、あらゆる意味において未完成である。今のところこれだけしか彼女について言えないことを残念に思ふ。

生活を共にすることからの、お互いの作風への悪影響と、宇野千代の作品をまだ「未完成」と判断する尾崎士郎の言葉である。

尾崎は小説「悲劇を探す男」で妻の口を借りて「家庭的な生活」を、随筆「未完成である」で自分の道を阻む「夫婦」生活への不信を誌している。それは川端が「離婚の子」の最終節の冒頭で

彼は再び人生の落し穴に足を踏み込んだ。結婚をした。

と、末尾部分で

「……。結婚するやうな、そんなやくざ者の子ぢやないんだぞ。」


と誌す「離婚の子」での「結婚」生活への疑問に通じる考えである。

かつて「離婚の子」を「『街道の上の青空』『広い青空の街へ飛び出』す子供の、何ものにもとらわれない自由さ（特に、家庭）への『彼』の憧れ」を描いた作品ととらえ、それには大人ではなく子供が必須であると誌した。

ここでは尾崎・宇野のモデルに作品がとらわれないために、川端が自作自解で述べる「子供」の登場の必要性が別の面から明らかになったであろう。

宇野千代「晩唱」

――川端康成「硝子」に触れつつ

宇野千代の「晩唱」（大正13・12・8執筆）は、大正十四年一月号の「新小説」に発表され、『現代短篇小説選集　2　晩唱』（文藝日本社、大正14・5）に収録された。全十五篇の冒頭に掲載されていることから、作者にとっての自信作と推測される。

また、「硝子」（「文芸時代」大正14・11）を執筆した川端康成の、処女作品集『驢馬に乗る妻』は、校正刷りまで進みながら、出版社の倒産によって未刊に終わったが、「晩唱」収録と同じ選集の五冊目に予定されていたので、川端が宇野千代の『晩唱』を手にし、読んだ可能性も高いと思われる。

これから取り上げる「晩唱」（四百字詰原稿用紙で約十二枚半）読解の要点は、文中に誌される次の二点と考えられる。

1　「ぼんやりと不仕合わせな暈《くま》」と「ぼんやりした美しい暈」の、対照的な言葉の具体的内容

2　小説家（男）の書いた小説とそれを読んだ主人公・浪江の反応

なお、主人公の浪江については「生活に困って或るカフエーの給仕女になつた。」と書き出される「一」節で、「もの好きな男を集めることに成功した」が、「どの男も撰び出」さなかった。なぜなら「どこか気の利かない、愛情を隠すやうな、誰にも気附かれない男と一緒になりたかつた」からであ

ろう、と説明されている。

最初は1について。

全五節で構成される「晩唱」の、「ながい時が経つた。」と書き出される「四」に

a　浪江の、愚かな平和な生活の中に、ぼんやりと不仕合わせな暈を投げる。

「また、長い長い時が経つた。」と書き出される「五」に

b　あの小説家の残して行つた喜びは、彼女の愚かな生活の上にぼんやりした美しい暈を投げた。

と、対照的な言葉が誌されている。

「不仕合せな暈」……「魅力」のない「卑しい女」

aの浪江に「不仕合わせな暈」……夫にも隠しておきたかった心の秘密……を感じさせたのは、今では「名高い小説家になつた男の噂」を聞いて、「御一緒に電車に乗りませう。」と叫んだ、男の声を思い出したからである。

長い時が経って中年になっても消えない、この小説家とのことは、「三」節で詳細に説明されている。避暑地から帰ってきた男と日比谷の交差点を歩いていた時のことである。もっと、お濠《ほり》のそばを歩きたいという浪江に、仲間に会いそうなので「貴女はもうお帰んなさい、ここから電車に乗つて、」と男は言ったのである。それに対して浪江は、ひとりで帰るのは嫌と「同じ事を幾度も繰り返して言」う。なぜなら

――浪江は財布を持つて居なかつた。何時とはなく、お客と給仕女と言ふ関係が習慣になつて、彼女は、自分の財布を持たないで男と歩くやうになつて居た。からである。相手任せの生活にすっかり、慣れ切っていたのである。財布を持たないことは「何と言ふ極りの悪い事であらう。」と思う浪江に、男はふいに「楽しさうな声」で、一緒に電車に乗ろうと叫ぶ。この言葉を浪江は全く予期していなかった。当然、まだ付き合ってくれると思っていたからである。

浪江は、見透かされた自分を感じた。彼女は、もう、何一つ魅力はないのだ。ただの子守女のやうに、僅かな金の事を気にする卑しい女なのだ。――浪江は自分自身に失望して「何一つ魅力」のない、「卑しい女」と考える。この男に相応しくない女と考えたのである。

夜更けの電車は、がらんとすいて居た。二人は離れ離れに腰を下して、何時までも沈黙つてゐた。

電車の中で離れ離れの席に座り、二人の関係は完全に終わったと浪江は判断する。「その時限り、男は、浪江の前に姿を現す」ことはなかった。「二」で誌される、浪江は誰にも気づかれないような、地味でまじめな「他の男に連られて、暖かい南の国へ旅立つて行」く。

そして、或る小さな町で、その男と二人、手馴れない炭屋を営んだ。

その後、「小さい誘惑と月並な媚態とが繰り返される」一見華やかなカフェーの生活から、特別なことも起こらない日常を、炭屋の夫と浪江は長い間送ることになる。

現在の「愚かな平和な生活」の中で、かつてのすべて他人任せの「卑しい女だつた」という消えることのない浪江の思いが、「不仕合わせな暈」の実体である。

小説の内容……避暑地の夜

そのような「不仕合わせな暈」ではなく、bの浪江に「美しい暈を投げた。」ことは「五」節に誌されているが、その前に浪江が眼にした小説はどのようなものだったのかについて触れる。それがこれから誌す2についてである。

男の書いた小説は、文中で次のように要約されている。

——停車場に近い避暑地の夜であつた。男と若い小鳥のやうな女とが歩いて居る。男は女を抱いた。ふいに汽笛が鳴つた。女は鬼ごつこに捕まつた子供のやうに燥いで、

「可厭、可厭、——そんな事をなさると、また汽笛が笑つてよ、」

と言つた。男は手を離した。男は、こんな時、こんな洒落を言ふ女を愛する事が出来なかつた。男は、その時限り、女に逢はなかつた。——

この「四」節で紹介された小説には、浪江に「不仕合わせな暈」を与えた財布の事は全く触れられていない。日比谷での出来事は全く描かれていない。内容はそれ以前の、最初に二人で散歩した避暑地の出来事であった。その詳細は「二」節に描かれている。

浪江はある朝、男から五円札入りの手紙を受け取り、別のある朝その金で「新しい足袋」を買い、汽車に乗って男と逢う。避暑地の海岸を散歩しながら、浪江は何時までも「お客と給仕女」の関係が崩れないように願う。そして海岸で身投げをした若い男を見たり、町に戻って料亭で夕飯を食べたりした。

男が、首を曲げてそつと接吻けやうとした、浪江は気弱く笑つて、軽くそれを拒んだ。まあ、

冗談をなさるもんぢやないわ、と言ふやうに。

ふたたび二人が暗い路地を歩いているとき、遠くで汽車の汽笛が鳴る。男が浪江を抱いた時、「鬼ごつこで捕まつた子供のやうに、大げさに身悶《もだ》えして見せ」る。

「可厭、可厭。」

と、叫んだ。「そんなことをなさると、また汽笛が笑つてよ。」

すると、不仕合わせにも、態《わざ》と合図したやうに汽笛が鳴つた。男は手を離した。

男の書いた小説と違って、浪江は抱かれた時「大げさに」悶え、汽笛が鳴って男が手を離した事を、心の中では残念に思っていたのである。

二人は「もう一度初める事は出来な」いで、「倦きあきしたやうに、道ばたの草の上にしやが」むことになる。

以上のような内容の男が書いた小説を読み「ぼうとなつて、新聞から顔を挙げた。」浪江が心に浮かべたのは、次のことである。
1　汽笛ははっきり覚えている
2　初めて自分が「こんなに可愛らしい女だった」と気づいたこと
そのような浪江に対して、男は
3　日比谷交差点のことはまったく覚えていない
4　浪江の帰りの電車賃がなかった事も知らなかった
ことである。それ以上に浪江自身を驚かせたことは
　この可愛いい、リスのやうな気取った女があたしだつたなんて、――
ということである。

浪江が何気なく「汽笛が笑つてよ」という言葉が、男にとって、気取った色っぽい「洒落」を言うような女に映ったのである。こんな大事な時に、「洒落」を言うような女を自分は「愛する事」は出来ないと思って、……男は自分に相応しくないと考えて……あきらめたのである。

小説を読み自分は嫌われたのではないと知って、浪江は「たとえようもない喜び」を感じる。そして、ぼんやりと外を見て、良人が炭団《たどん》を丸めているのを見る。

浪江はこのとき読んだ小説の事を誰にも話さない。なぜならその頃、まだ晩年を迎えていない「若かった彼女」は

遠い遠いところに何かしら、彼女を待つて居るやうな夢を隠して置きたつた。

からである。中年の浪江にはまだ希望があったのである。今の平凡な生活から自分を救い出してくれる人が、もしかしたら現れるのではないかという思いを……。

「美しい暈」……「可愛いい」「気取つた女」

それから長い長い時が過ぎ、今では「誰も、あの小説家の名を言ふものはな」い。かつての流行作家はまったく忘れさられる。浪江は同じ南の小さな町で、相変わらず「貧しく暮して居」る。しかしあの小説家の残して行つた喜びは、彼女の愚かな生活の上にぼんやりした美しい暈を投げた。

――あたしはあんなに可愛い女だつたのだ。――と夢のやうに呟き乍ら、彼女は老いて行つた。

と、昔の自分は「可愛い女だつた」と思いながら、貧しい愚かな生活を送っていったと、最終節の「五」に誌されている。

浪江に「美しい暈を投げ」たのは、「卑しい女」ではなく「自分はあんなに可愛い女」であったと

いう思いである。浪江に「小説家の残して行った喜び」とは、作品に描かれた浪江が、自分自身も知らなかった、思いも寄らなかった「可愛い女」であったということである。

ある「晴れた秋の日」に炭団を丸める夫を見ながら、老いて「美しい銀髪」になった浪江は「もう、何にも隠して置く事はなかつた。」と、このとき初めて気づく。そして、「晩唱」は良人に向かって

「あの、――面白い話があるのよ、」

彼女の眼は、若い娘のやうに輝いた。

と誌されて閉じられる。良夫に今まで話すことの出来なかった自分の暗い過去を、浪江は今になって（晩年を迎えて）ようやく、ありのままに話すことが出来るようになったのである。

昔の有名作家は忘れられても、作品に描かれた登場人物は人の心に残る。この後、若き日の浪江の魅力は永遠に消えることはないであろう。浪江の眼が「若い娘のやうに輝いた」のは、小説に描かれた若き日の自分自身が頭に浮かんだからである。

それは作者自身も信じていると考えられる、小説の力の結果であった。浪江は自分の人生をもはや後悔することはなく、幸福な晩年を過ごすことであろう。

〝晩唱〟は作者のこのような晩年のうた、晩年の思いが描かれた作品である。

以上のように「晩唱」は、次のような五節で構成されている。

一　主人公・浪江の性格……若い娘の日々

二　避暑地の海岸での浪江と男の初めての散歩

三　日比谷の交差点での男との散歩

四　南の国で結婚した炭屋と住む浪江が、名高い小説家（男）の小説を読んだこと……中年

五　小説を思い出しながら、浪江が若き日の自分のことを、初めて良人に話す気になったこと……晩年

「晩唱」は、思いも寄らなかった若き日の自分が描かれた小説によって、幸福な晩年を迎えることが出来た浪江の話である。

川端康成「硝子」――「小説の力」

この宇野千代の「晩唱」を読んだ川端康成は、掌の小説「硝子」（四百字詰原稿用紙で約六枚半）で、次の二点を主に取り入れて作品化したのである。

1　妻（蓉子）が自分の少女時代のことを書いた、「或る文芸雑誌」に掲載された小説〝硝子〟を読んで、十五歳の時の少年職工（今は小説家）との出来事について、思い違いをしていた事を知ったこと。

……「晩唱」での浪江が男（小説家）との昔の出会いについて、二人の間に意識の差があったことに気づいた点で重なる。

2　夫（彼）はこの小説に描かれた「少女程の可憐さと新鮮さ」を、妻（現在、二十五歳）に感じたことが「昔から一度もなかつた」と思う。夫がかつての少年職工の書いた〝硝子〟に、小説の力を感じたことは、作品の末尾に「あの腰の曲つた青い餓鬼のやうな病人に、どうしてこんな力があるのだらう。」と誌している。

……小説の力を強調したことは「晩唱」の世界と共通するが、本人自身（妻）も知らなかった魅力に気づいたのが、「硝子」では夫であり、「晩唱」では本人である点が異なる。

川端康成の「硝子」は、大正十四年十月五日に執筆され、「第二短篇集」（「朝鮮人」「二十年」「硝子」「お信地蔵」「滑り岩」）の一篇として、「晩唱」掲載の十ヶ月ほど後の「文芸時代」（大正14・11）に発表された。

なお、「硝子」の詳細については、「硝子―小説の力」として、筆者の『川端康成「掌の小説」論―「心中」その他』（龍書房、平成9・4）に収録している。

「浅草に十日ゐた女」

――〝恋の力〟と〝未練〟

「浅草に十日ゐた女」(「サンデー毎日」昭和7・7・1)は、五年ほど以前に発表した全三節の「霰《あられ》」(初出「暴力団の一夜」、昭和2・5「太陽」)の「一」「二」節を中心に、全二節に再構成した作品である。

「霰」は「篝火《かがりび》」(「新小説」大正13・3)「非常」(「文芸春秋」大正13・12)「彼女の盛装」(「新小説」大正15・9)などとともに、川端の失恋を扱ったいわゆる「ちよ」ものの一篇で、「浅草に十日ゐた女」は四百字詰原稿用紙で約十五枚半、「霰」はほぼ倍の約三十二枚である。

それらの作品群は長く作者の意に満たず、戦後の十六巻本川端全集(新潮社)の第一巻に「篝火」「非常」(昭和23・5)、第二巻に「霰」(昭和23・8)が収録されたが、伊藤初代(みち子のモデル)の四通の手紙がほぼそのまま引用される「彼女の盛装」は生前未収録であった。

川端自身は「独影自命――作品自解」の「二ノ七」でその理由について、次のように回想している。

ほかに女とのことはなかつたので、私はこの材料を貴ぶところから、「篝火」、「非常」、「霰」(原題「暴力団の一夜」)などは草稿のつもりで作品集に入れずにおいた。私はこの材料を幾度か書き直さうとして果さなかつた。

「霞」も「非常」と同じやうな事情で一夜に書きなぐつた。粗笨《そほん》の作だと恥じてゐたが、今度読み返して拾ひ上げた。

「非常」と同じ事情とは、執筆時間がなく、締切りに追われ「他に書くものなく、捨鉢気味の勢ひに乗じて一気に書いた。」ことである。

また、全集に収録したのは「乱暴な作だと思ひ込んでゐたが、今度読んでみると私には珍しい急迫がある。」と感じ、収録に値すると思ったためである。「珍しい急迫」とは主人公の新吉と婚約相手の栄子や川島の描き方に、完成度には問題があっても勢いがあるということであろう。それは一途に人生に向かう若さといってもいいかもしれない。

「霞」は初出発表後、二十年ほどして初収録されたが、その間「書き直さう」とした具体的試みが、これから誌す「浅草に十日ゐた女」である。

「霞」から「浅草に十日ゐた女」への改稿の試みがなされた主な理由として、次の三点が挙げられる。

1　昭和七年の三月上旬とそれ以前の二度、作品のモデルである伊藤初代が上野桜木町の川端邸を訪れ、突然の再会で川端がかつての初代との短い婚約について改めて思いを馳せたこと。

2　「霞」は一気に書き上げた雑な作品であくまでも「草稿」であり、いずれ手を入れて、完成作にしたいと川端が考えていたこと。

3　当時の川端は、翌年（昭和八年）の七月号に中編小説「禽獣」（改造）、十二月号にエッセイ「末期の眼」（文芸）を発表し、長いスランプを脱していた。「浅草に十日ゐた女」の発表はその前年のことであり、「霞」と同じように、他に執筆する材料がなかったこと。

以下、「浅草に十日ゐた女」について、「霞」を適時参考にしながら誌していきたい。

「二」 リラ子……恋の力の強さ

リラ子は毎日楽屋へ来る幾通かの恋文を酒場へ持つて帰つては、寝床へ入つてから、気ちがひのやうに癇《かん》高い声で女給達に読んで聞かせるのださうだつた。

と、「浅草に十日ゐた女」の「二」節は恋多き女であるリラ子の描写から始まる。

「霰」の元・婚約者、栄子は、「浅草に十日ゐた女」ではリラ子に改名される。リラはライラックの花の仏名、花言葉は「私の心はお前のもの」（赤紫）「お互に愛しませう」（白色）――橋本墨花『花と花言葉』紅玉堂書店、大正13・9――で、彼女の行動にふさわしい意図の明確な命名である。

リラ子がどんなに自由奔放であるかは、二十歳ほどの学生・内藤と一緒に住む約束をしながら、「五時間の間に二人の男と婚約をした」ことで明らかである。

この作品の主人公、レヴユウ劇場の文芸部に所属する新吉とも、この節の末尾で

リラ子は浅草のレヴユウ劇場へ来たその日に、そこの文芸部員の新吉と結婚の約束をしたのだつた。そして新吉が驚いたことには、彼女は劇場に雇はれたその夜から、酒場でも働きはじめたのだつた。

とあるように、「二三日の婚約者」でしかなかったが結婚の約束をしていた。

彼女の奔放さは「客を呼びながら、つぶれてしまふのね」という、三十すぎの女給・良子の言葉に象徴されるように、「相当な酒場」も「血の匂を嗅がない日」はなく、「暴力とリラ子を目的としない客はだんだん寄りつかなくな」り、「唯その夜の暴力の爆発を陰気に待つてゐる」酒場にしてしまったことで証明される。

そのようなリラ子は、「自分ほど不しあわせな者はない」と毎夜寝床で言いながら舞台の歌を歌っていて、男を不幸にするという自覚に全く乏しい。リラ子が自分自身を不幸せだと思っていることを良子から聞いて

それは新吉に、一人の女の痛ましい破滅を感じさせた。そして一層惹きつけられた。

とあるように、新吉はリラ子の生活が「痛ましい破滅」への道と分かっていても、未だにリラ子を忘れることはできない。

リラ子に未練が残る新吉は酒場を出て、同僚で友人の氷見の提案でリラ子を見に、新しい恋人の内藤の下宿に行く。その間新吉はリラ子が恋人のそばで幸福ではしゃいでいるのでなく、寂しがって耐えられないと聞く方が「却つて彼女らしく思はれる」。なぜなら、新吉は普通の平凡な女性よりも、他人が幸福だと思うときにも不幸を感じるような女性に魅力を感じるからである。

このやうな彼女に不似合の弱々しさは、彼女が男の胸へ倒れかかつて行くことを一層美しくするのだと思はれるのだつた。恋の力の弱さをではなく、その強さを現してゐるやうに思はれるのだつた。

リラ子の「弱々しさ」は彼女を救ってくれる、恋する相手への強い信頼の現れと考え、新吉はどこまでもリラ子のことを悪く思わない。それどころか「美しくする」とまで考えている。新吉はリラ子を恋に生きる強い女と捕らえ、新吉にとってリラ子の行動は、何処までも肯定的である。

そして、内藤の下宿まで来た新吉は、内藤とリラ子のいる半洋風な高い下宿を見上げながら、乗り込んでも仕方がないと考え、「なんのために見に来たのか分らないな。これで少しは気がすんだかね。」と言う氷見とともに、自分の下宿に戻っていく。

先述したように「一」の末尾は新吉との婚約、浅草の酒場での勤めが誌され、リラ子の自由奔放さ

を強調して閉じられる。

恋に生きるリラ子の奔放さと、婚約者の一人であった新吉の、リラ子に対する尽きない思いを描いたのがこの節である。

「二」 新吉……リラ子への未練

「二」節は新吉のリラ子への未練の現れである、次のような翌日の夜に新吉が氷見に誘われ、リラ子の酒場に行く場面から始まる。

　翌る日の夜もまた、新吉は氷見に誘はれると、

「少し恥さらしのやうだね。」

　といひながらも、リラ子の酒場へ行つてみた。

「恥さらし」と自嘲しながらも、新吉はどこまでもリラ子を忘れることができない。しかし、行き違いになって酒場にリラ子はいない。

内藤と一緒に結婚の報告に、今夜の終列車で九州の久留米に行くと、新吉は良子から聞いて
　内藤はまだ二十そこそこの学生だ。リラ子のやうな女をいきなり自分の家と家族のなかへ連れて行く若々しい無謀さに、新吉は美しさを感じて、ふとうなだれた。

とあるように、リラ子への思いの消えることがない新吉は、自分と比べて内藤の行動をうらやましく「美しい」とさえ思う。行動力のなさを自省したのである。

　下の席には同じようにリラ子に好意を持っている、法学士弁護士で暴力団の首領格の川島の連中（七八人の連れ）が来ている。怒ると思っていた川島は、意外にも店の主人からリラ子が内藤の所に行っ

たと聞くと、お前がまとめてやれとあっさりと言う。川島は新吉と違って、結婚相手の現れたリラ子に拘ることはないほど大人である。

川島が上がってきて、氷見と新吉を誘うので二人は店を出る。しかし、交番の前を避ける川島を見て「新吉はなんだか急に人生の裏道へ落ちこんだやうな感じがして、急に頽《くづ》れて来た。」が

　リラ子を完全に失つてしまつた今の場合、それは思ひがけない魅力であつた。けれども、川島がいつになく誘ひ出してくれたりしたのは、リラ子のことで自分がいたはられてゐるのだと分つたから、なんとなく彼等の暴力に甘えたい気持にさへなつてゐた。

と、「彼等の暴力に甘えたい気持」になる。それは内藤とリラ子の結婚によって「リラ子を完全に失」った新吉が、「人生の裏道」を歩む川島に「思ひがけない魅力」を感じたためである。一種の自暴自棄に近い状態でもあるが、「暴力」によって心の癒しを求めているのである。

新吉たちが小さなカフェに入ると、印半纏に鉢巻きの男が天秤棒を持って殴り込んでくる。しかし、それを見ても川島たちは落ち着いている。自分を傷付けた相手がいないのを知って男は出て行く。出合い頭に仲間の一人がわけもなく蕎麦屋の出前持ちの額を斬って、そのまま帰ってしまったのである。

　新吉は血だらけの顔を見ても一向平気だつた。却つて昨夜から沈んでゐた心が活き活きとして来るやうに思はれた。

こんな暴力的な場面に遭遇しても、今の新吉は落ち着いている。それ以上に、「心が生き生き」してくるのは、「暴力」を見ることによって心が高揚し癒されているのである。

「浅草に十日ゐた女」の末尾は次の通りである。

　「リラ子が見てないと面白くないね。」

　と、川島はぼんやり笑つて、

「しかし、あの女のことだから、いづれはどこかで男の血を見てやがるんだらう。」

新吉は背筋の冷い顫へを隠さうとしてうつ向いた。

新吉を襲った「背筋の冷い顫《ふる》へ」とはどのようなことか。暴力場面を見て一時的に明るくなった新吉だったが、リラ子と「男の血」を思い浮かべると、リラ子を失った痛手が再び新吉の心を占めたのである。「暴力」は一時的な癒しになっても、新吉の心は救われることはなかった。

この節では、結婚によってリラ子を完全に失った新吉が、「暴力」によって一時的に失意のどん底から抜け出たが、リラ子への未練を断ち切れない強い心の痛手が描かれている。

最後に、「浅草に十日ゐた女」と「霰」との主な相違点をまとめてみる。

1　作品に描かれた季節は、リラ子がいないので新吉が「酒場を出ると梅雨時になつてゐたが……」と誌され、「浅草に十日ゐた女」が梅雨時なのに対して、「霰」は「三月とは思へぬ夜寒むで、」「おや、霰だよ。寒い筈だね」と、題名にもなった三月の夜寒むの日々である。

……「霰」で〝霰〟によって、栄子と内藤の下宿の場面を思い浮かべる、新吉の寒々とした心を暗示したことが気にかかり、「浅草に十日ゐた女」では季節を変えて改題したのであろう。

2　新吉の友人・氷見も「霰」では、新吉同様「栄子に魅力を感じてゐた。」と説明されている。下宿で栄子は内藤と一緒にいても「男に指一本触らせないで夜明しするかもしれないよ。」と想像し、「その一夜を栄子が清らかに過すこと」を空想し、「狂人のやうに勝気で強情な小娘の気性の上に夢を築いてみたい気持」が氷見にもあったのである。

それに対して、「浅草に十日ゐた女」では氷見の指一本触れさせないという想像を、新吉は「そんな馬鹿な」と「友だちの慰めを打ち消し」、軽く受け流している。

……主人公、新吉とリラ子の二人に焦点をあて、作品の意図をより明確にしようとした。
3　「浅草に十日ゐた女」では、新吉のリラ子に対する一途な思いに変化はないが、「霰」では「一」の末尾で
栄子を内藤が下宿へ泊らせたことに対して腹を立ててゐる自分が、新吉にふと空虚に感じられて来た。自分の恋愛は栄子を海岸や温泉へ連れて行つてやらうとする空想のやうな種類のものなんだと、自ら嘲り笑ひさうな気持になつて来た。

と新吉は栄子に対する気持を顧みて、一度は自嘲的な笑いを浮かべる。栄子に対する真剣さを疑ったのである。海岸や温泉に連れて行ってやる空想とは、共に生活するというより一時的な楽しみということであろう。

……新吉のリラ子への一途な思い（「浅草に十日ゐた女」）と、栄子への心の揺らぎ（「霰」）。
4　彼は去年の秋、栄子との結婚の承諾を得るために、わざわざ青森県の田舎町まで行つたことがあるのだつた。……東北地方の貧しい朴訥《ぼくとつ》な百姓の彼は、娘と新吉との結婚にも、また娘と内藤との結婚にも、唯無意味に近い承諾を与えてゐるよりどうすることも出来ないであらう。
と、「霰」では内藤が九州の実家に栄子を連れて行くように、新吉の行動的な場面が描かれていたが、「浅草に十日ゐた女」では削除された。

……新吉の性格の消極的な一面を明確化し、リラ子と対比している。
5　「浅草に十日ゐた女」では、「霰」の「三」節に描かれる次の場面が削除された。
a　「カフエ陽炎」で、「川島の足もとへ這ひつくばつて、犬のやうにぺこぺこ頭を下げた。」という、川島が二人の私立大学生を投げ飛ばす場面。
b　「美少年の三浦と恋に落ちて出奔した。それが一月ばかりして、また夫のところへ帰つたの

だつた。」と誌される、女王のように背が高く美しい陽炎の若い女主人・三浦・亭主との場面。
c　「小汚いカフエ」で酒を飲んでいた「中年の男」を、「胸倉を取つて椅子からぶら提げた。彼が二つ三つ川島の腕を殴らうとしてゐるうちに、喉がしまつてぐつたり気絶してしまつた。」と、川島が気絶させたこと。

……新吉の性格同様、暴力の場面を一か所に絞ることによって、作品の意図を明らかにしようとした。

以上のように、「浅草に十日ゐた女」は自由奔放に〝恋〟に生きるリラ子と、そのリラ子に未練を残す新吉を中心に、川島を初めとする暴力的な酒場に集う人々が描かれた掌の小説であった。

また、「浅草に十日ゐた女」は、昭和七年三月号の「婦人画報」に発表した掌の小説「雨傘」が、主に新聞小説『海の火祭』の「鮎」（「中外商業新聞」昭和10・9〜12・1）の章の写真屋の場面をもとに、少年少女の〝夫婦のやうな気持〟を描いて成功したように、「霰」をもとに改稿して、奔放に生きるリラ子と未練を残す新吉をより明確にしようとした試みであったが、作者の意を満たすことができなかったと思われる。

石浜金作「ある恋の話」
――川端康成「非常」に触れつつ

「文芸時代」の大正十三年十月・創刊号に発表された、石浜金作の「ある恋の話」は川端康成のいわゆる「ちよ」ものに深く関わる小説である。主人公の「私」は川端康成、「結婚しようとする娘」は伊藤初代（戸籍名、ハツヨ）がモデルである。

四百字詰原稿用紙で十三枚半の作品は、「私」がある娘と婚約して〝非常〟の手紙を貰い、破談に到る過程が誌された前半と、その後の娘の噂と「私」の波紋が描かれた後半の、全五節で構成される。

「ある恋の話」以前に川端が発表した「ちよ」に関する小説は、「南方の火」（「新思潮」大正12・7）、「日向」（「文芸春秋」大正12・11）、「篝火」（「新小説」大正13・3）の三篇が主である。それらは川端が友人の三明永無と共に二度岐阜を訪れ、千代と結婚の約束をした実体験をもとに誌された作品群である。また、大正十二年以降に苦労を重ね脱稿したと思われる、生前未発表の作品「新晴」も、岐阜訪問が素材になっている。他に連載中の「咲競ふ花」（「婦女界」大正13・7〜14・3）の第二回（大正13・8）に、「九　丙午の娘」としてお春が描かれている。

岐阜訪問は大正十年九月十五日（十六日）が最初、二度目が三週間ほど後の十月八日である。石浜の「ある恋の話」執筆時には、川端が描いた「ちよ」ものは、岐阜での千代との再会（三明と共に）

と結婚の約束であり、後に発表される千代との破談、二人の別れの場面は描かれてはいない。川端の初期の「ちよ」ものは

　私は笑つた。娘に親しみが急に加はつたやうな気がした。

と掌の小説「日向」（「文芸春秋」大正12・11）の末尾に誌されるような、千代との結婚が約束された短い幸福な一時期であった。千代からの

　私は貴女様とかたくおやくそく《ママ》を致しましたが私にはある非常が有るのです。

という〝非常〟の手紙（大正十年十一月七日付）によって、結婚の約束が一方的に破られたことは、「ある恋の話」が発表された時点では、川端によって小説に取り上げられていなかった。川端の小説「非常」は「ある恋の話」の二月後の発表である。石浜の小説が「ちよ」ものの執筆に悩んでいた作家にとって、大きな影響を与えたことは間違いないであろう。

　以下、石浜金作の「ある恋の話」の内容について明らかにしながら、川端作品への影響についても推察してみたい。その前に、簡潔に川端と石浜の実生活での関わりについて誌しておく。

　石浜は川端と千代の婚約後の大正十年十月の終り（二十九日）に、三明永無、鈴木彦次郎と川端の四人で、初代の実父・伊藤忠吉に結婚の許しを得るため、岩手県岩谷堂を訪れている。

　また、「独影自命―作品自解」の「三ノ二」には、「二十四歳の春の日記から」「篝火」「非常」「南方の火」「伊豆の帰り」「父母への手紙」に描かれた「娘を思ひ出してゐる記事を主に拾ひ出してみる。」として、大正十一年の日記が引用されている。

　大正十一年四月二日。

　石浜泊る。……

　石浜、金策のこと念頭を放れざるものの如し。……

石浜と会えば恋愛談ばかりなり。

四月三日。（四日記す。）
石浜来る。例によつて、金のない話、恋の話、みち子の話、K子の話、S子の話、H子の話、糸の如し。……

「新晴」「非常」等みち子物を書かうと、しきりと口にす。

文中の「みち子」はちよのことである。川端と千代の結婚の破綻後も、石浜は川端の下宿を訪れ、繰返し「恋愛談」を交わし、みち子についても話している。

川端の「大正十二年・十三年　日記」（『川端康成全集　補巻二』新潮社、昭和59・4）の、大正十二年「十一月二十日記。」に

十月、石浜、旧エラン前の例の煙草屋の主婦より聞きし話。
千代は西方寺にて、僧に犯されたり。自棄となりて、家出す。これは千代の主婦に告白せしこと。

と誌されている。石浜は自分の聞いたこの話を千代の〝非常〟の理由として、「ある恋の話」には誌さなかった。作品に描くにはふさわしくないと考えたか（「ある恋の話」のテーマから外れるため）、「僧に犯された」ことを事実と考えなかったからであろう。

千代は上京の費用として二十円の借金を川端に求めていたが（大正10・10・18日書簡）、後に返金し（大正10・11・24）、煙草屋の主婦から借りている。借金には相応の理由が必要だったのではないか。

ちよと川端の婚約から破婚、その後の川端の生活に、石浜が友人として深く関わったことは、以上のことだけでも明らかであろう。

以下、石浜金作の「ある恋の話」について誌していく。

一　悲しく苦しい表情

第「一」節は「私の事を友達がよく、いつこくだいつこくだといふ、そして、もう少し気を楽くに持つたら、よほど世の中が軽く渡れるのだが、」と書き出され、「私」は頑固で人の言うことを聞き入れない性格であることが先ず誌される。作品はこのような「私」の婚約と破婚の話である。

娘は貧家の貰われ子で容貌も普通なので、「私」は「友達たちの思わくを気にする気持」から「神経質な探索的な目」を向けていたが、友人たちは素直に受け入れ祝福してくれた。「私」は「発奮と感謝」や「結婚の責任」を感じ、娘の生活が惨めだったので、私流に教育・幸福にしようと思い、緊張した力一杯の生活を送った。

なお、川端の「篝火」には、「一本気で勝気な、きらきら光るみち子を、曇りと重みのないものとして、軽々と自由な青空に飛ばせる、それが恋であらうがなからうが、結婚であらうがなからうが、私の祈願であつた。」と、「私」の思いが誌されている。

そのような日々の「私」と娘との婚約を祝って、四、五人の友人と郊外の川べりの遊園地に行ったときの事である。緊張が豊かにほどける日であったが、そのうち、友人の一人が女中をからかい妙な白々さが流れたとき、「俺も妻君が欲しいなァ」と、冗談とも本当とも見える嘆息を漏らした。

「なんだか今迄自分ひとりがよい事をして、知らず〳〵皆を淋しがらせてゐたのぢやないか、といふ考へが、心をかすめ」、自分だけが幸福で友人たちを寂しがらせたと気づく。友人は「悲しさうな る苦しさうな表情」を見せた。

この節では、「私」と娘の結婚を巡って、「私」と友人の揺れ動く心……仲間の一人の結婚によって、取り残されたような気持……が描かれている。

なお、婚約の「前祝ひ」に「私達四五人の友人」がいった「郊外のある川べりの遊園地」については、その時参加した石浜の、三十年後に高等学校時代を回想したエッセイ「無常迅速《じんそく》—青春修業記」（「文芸読物」昭和25・5）に詳しい。次のような内容である。

川端は「新思潮」の同人達を集めて「結婚の意志を披露」した。それは「彼の特長ある足音を聞いて」帰ってきたと「胸をときめかせ」る「わたしにとって晴天の霹靂《へきれき》」であり、「誰もが、予期していなかった。」ことであった。相手については「新思潮」の同人ではなく、親しい友である三明永無）が説明した。結婚の承諾を得て千代子の上京を待っていると。

「紀念すべきポイント」であり「彼の閉された青春への袂別」として、「それで、千代子のくるまでに、その前に明日でもいい、明後日でもいい、われ〳〵は一同で鴻《こう》の台にでも行つて、川端君の独身送別会をやりたいんだが」と提案する。皆賛成し「柴又で降りて、川甚まで歩いて、そこで飯を食って舟で鴻の台まで下ろう」と、三宅は予定まで話す。「帝釈天」に参詣することも決定する。

なお、「新思潮」の同人は石浜金作、川端康成、今東光、酒井真人、鈴木彦二郎の五人。鴻の台は現在の千葉県市川の国府台。川甚は柴又にある、ウナギで有名な日本料理店。

また、「無常迅速」には「十五六歳の娘なら、どうにでもなる。多少は、それまでの垢を持つているにしても、それからさきの彼の指導で、どのようにでも好きなように出来る。それが、彼の夢であつた。また計画であつた。」と、前述の「私流に教育して、幸福に」（「ある恋の話」）や「曇りと重みのない……自由な青空に飛ばせる」（「篝火」）と同趣旨の言葉が述べられている。

二　どうでもいい

「ある恋の話」ではそれから三日ほど経って、友人から手紙が届く。その内容は次の通りである。君を羨ましく「妻君を持つて益々生活を豊富にしてゆく君の姿を想像すると、堪らない淋しさ」を感じ、自分を紛らわそうと思って「取り返へしのつかぬ失錯」を犯したのである。君は「自分の結婚が僕を淋しくしたのなら、自分は自分の結婚を止めてもいい」とまで思っていたに違いない。君のことを考えずに「自分の感傷を甘やか」せたのだ。

この手紙によって「私」は、「私の鳥渡《ちょっと》した表情が、人の心に響く」と思って変な気持になる。しかしそれは「結局これらはたいした問題ではない」と考える。この節は

結局どうでもいいのだといふ気がしてならなかつた。たゞ私は、以後一層この友達を信頼しようといふ気が起つた事は事実である。

と結ばれる。「たいした問題ではない」「どうでもいい」とは、何か問題が起こったときに最後まで突き止めないで、そのまま受け入れようとする事である。「いつこくさ」とともに、「私」の性格の一端が明らかになる。

三　非常

この節は「私の千代に対する恋は結局成就されなかつた。」として、最初に千代からの手紙が五行で簡潔に紹介される。（＊が、「ある恋の話」に引用されている文章である。）

＊わたくしには非常が起りました。

後に川端が小説「非常」（「文芸春秋」大正13・12）で引用する、大正十年十一月七日付けの手紙の一節である。

　私はあなた様とかたくお約束を致しましたが、私には或る非常があるのです。それをどうしてもあなた様にお話しすることが出来ません。……あなた様はその非常を話してくれと仰しやるでせう。その非常を話すくらゐなら、私は死んだはうがどんなに幸福でせう。

初代からの実際の手紙は次の通りである。

　私は貴女様とかたく　おやくそくを致しましたが私にはある非常が有るのです　それをどうしても貴女様にお話することが出きないのです……貴女様は其の非常を話してくれとお丶せでせう私は其の非常を話すくらいなら死んだほうがどんなに幸福でせう

石浜はちよからの手紙を何通か実際に見て、記憶の中で一通の手紙として再現したのではないか。伊藤初代の手紙のなかの〝非常〟の言葉は、川端本人だけでなく友人の石浜にも心に残る言葉であった。

＊わたくしはもう、二度とあなたにお目にかかりません。

「彼女の盛装」（「新小説」大正15・9）に引用された、大正十年十一月二十四日付の手紙の一節に、次の様にある。

　あなた様がこの手紙を見て岐阜にいらつしやいましても、私はお目にかかりません。あなたがどのやうにおつしやいましても、私は東京には行きません。

＊わたくしはこれから誰も知らない所へ行つてひとり暮らします。

あなた様が私に今度お手紙を下さいますその時は、私はこの岐阜には居りません、どこかの国で暮してゐると思つて下さいませ。……

私はどこの国でどうして暮すのでせう——。

（「非常」大正10・11・7付）

貴女様が私に今度御手紙を下さいます其の時は私は此の岐阜には居りません。どこかの国で暮して居ると思つて下さいませ……

私はどこの国で暮すのでせう。

（初代の手紙）
＊私は一生あなたをうらみます
私は手紙を見てから、私はあなた様を信じることが出来なくなりました。
私はあなた様を恨みます。……
私は永久にあなたの心を恨みます。さやうなら。
（「彼女の盛装」大正10・11・24付）
私は手紙を見てから私は貴女様を信じることが出きなくなりました。
私は貴女を恨みます……
私は貴女の心を恨みます　私を恨みになるなら沢山恨んで下さい
（初代の手紙）
＊あなたは私を騙さうとしてゐるのです。わたくしはもう東京に居りません。
あなた様は私を愛して下さるのではないのです。私をお金の力でままにしようと思つていらつしやるのですね。

（「彼女の盛装」）

貴女様は私を愛して下さるのではないのです　私をお金の力でままにせよと思つていらしやるのですね　　　（初代の手紙）

川端の文章には「騙さう」という言葉は見当たらない。愛してはいなくて「お金の力」で自分の思う「ままにしよう」の一節を、石浜は「騙さう」と表現したのであろう。

以上が「ある恋の話」に描かれた千代から「私」宛の手紙の内容である。その手紙を見て「私は狼狽して千代を訪ね」る。しかし

千代は平気な顔をして自分の家にゐた。

のである。この家は川端が実際に訪れた岐阜（〝非常〟の手紙を受け取った翌日の夜行で岐阜に向かったのは、大正十年十一月九日）ではなく、作品の舞台は東京である。千代は同じ家にいた養母とともに、「白々しく私」を笑う。〝非常〟とは何かと尋ねても答えず、二人の関係は終わるかとの問いに対しても、「彼女は、未だ十七歳の幼い眉を高らかに聳やかして嘲笑する如く笑つた。」のである。

「嘲笑する如く」とは、理由を明らかにしない手紙で婚約を破棄したり、転々と勤め先を変える伊藤初代を知っている石浜には、ふてぶてしい姿の初代が浮かんだのである。

二、三日後、再び「私」は千代を訪ね、料理屋の三階で会う。その時も千代は「軽蔑」する表情で、「私」が食べるように勧めると「空虚な眼」をした。これが「私達の最後の対面」であった。

川端の小説「非常」では、岐阜であったみち子について

この娘のどこが一月前のみち子なんだ。この姿のどの一点に若い娘があるのだ。これは一個の苦痛のかたまりではないか。

顔は人間の色でなくかさかさに乾いてゐる。白い粉が吹いてゐた。……

と、誌されている。これが小説「非常」の中の「私」の現実であった。

「ある恋の話」は続けて私の恋は不結果に終わつたが、私は別にひどい気落ちはせずにすんだ。
　私は本当に千代に恋をしてゐたのではなかつたのかしら、……もはや私はそんな事に考へをわずらはすまい（と）思つた。

ここでも「私」はこんな事に「考へをわずらはすまい」と思う。「二」節で誌した「どうでもいい」と同じであり、それ以上追い求めない。千代との失恋の決着は、「私」にはすでについている。この節の末尾は次の通りである。

　千代が突然私から離れた事に就いては、その原因は今だに分らない。多分私は、彼女のうちの悪しき性質が、彼女を幻怪な邪思にまで知らず知らず導いたのだらうと思つてゐる。千代は勝気な娘だから、自家の貧家の事と教育のない事を、自身怒りと軽蔑と焦燥を以つて悩んでゐたから。

千代との離別は千代の「悪しき性質」の表れと考え、貧しさと無教育に対する自分自身の「怒り」「軽蔑」「焦燥」と捉えている。

川端自身は小説「非常」で〝非常〟の内容、破婚の原因について追究しているが、納得する答えは得られなかった。それに対してこの節には、石浜の考える川端と千代の結婚が破れた明確な答えが誌されていることになる。

「無常迅速」では結婚の破れた理由を、鴻の台に結婚の前祝いに行くことが決まったあと、「彼は只、眼に涙の浮ぶにまかせていた。それはまた同時に、自分を皆の前に投げ出して、すべてを皆にまかせるというような、虚ろさであつた。／この虚ろさが、こういう非常識な結婚を彼に失敗させたのである。」と誌している。結婚という大事なことを人任せにする性格が、失敗を招いたというのである。

四　千代の噂、「私」のいつこくさ

また、それから二、三年後、「私」は年来の希望であった文学で生計を立てられるようになる。その時分に千代の発狂の噂を聞いた。彼女はカフェーに出た当日、男の下宿で同棲、身を許さず翌日、別のカフェーに移る。そこで柔道四段の男に「赤っ恥」をかかせた。その後、千代は

私達の耳から消えて、その後もはや彼女の噂は私達と別の世界へ飛んでいつたらしかつた。私は若干の痛々しさは感じたが、私の心を直接痛めるやうな事はなくてすんだ。

ここでもまた、「心を直接痛める」ことはなかったと、「私」は考える。「ある恋の話」に描かれるちよ像の、もと婚約者を嘲笑したり、様々な奔放な行動を起こす「悪しき性質」は一貫している。

それから二三ケ月後、「私」は二階から降りようとして父母の会話を聞く。

あれは妙にいつこくな所があるんやないか、いやいつこくといふか、かうへんに気にきつい所があるやうぢややがな、

と、作品の冒頭部分に誌された「いつこく」と言う、父の言葉が耳をうつ。そして、千代のこの手紙には、後悔し残念でヤケになってるところがあると父はとらえる。

『文学者いふもんは、元来気の六ヶ敷しいもんぢや。この女子《をなご》もあれの気六ヶ敷しいのが窮屈であの時逃げたんに違ひない。』

友達だけでなく父も、「私」の事を「いつこく」で気難しいと考え、それが千代の結婚を止めた理由だと判断していることが明らかになる。

二人の結婚がうまく行かなかった原因として、千代への一方的な非難だけでなく、「私」の文学者としての気難しさが新たに挙げられる。

これがこの節の要点である。

なお、噂として描かれる千代の奔放な姿は、「霰」（「太陽」昭和2・5、初出「暴力団の一夜」）に
「栄子はあんな気象の女だから、内藤の下宿へ行つたとしても、男に指一本触れさせないで夜明しするかもしれないよ。」
と、友人の氷見に語らせている。また柔道四段の男についても、「以前から栄子を恋してゐるとしか新吉に見えない」「法学士弁護士の肩書を持つてゐて柔道四段だつた。」川島として登場させている。

五　客観的な存在

「ある恋の話」の最終節には、千代との恋が破れた後の「私」の心境が綴られている。二三年後の千代の突然の手紙は、平静を保っていた「私」の心を揺るがせた。

私は自分は作品に向ふ時だけが自分の本当の生活だ、その他の日常生活は私にとつて一つの客観的な生活にすぎない、

と、文学生活を中心にして、心を痛める日常生活は「一つの塵労」、生きるためには必要な煩わしさとして日々を送っていた。しかし、千代の手紙によって「千代に対する私の責任」が感じられ、「千代の生涯を狂はせたものは私である」と思わざるを得なかった。三節で誌された「考へをわずらはすまい」という思いも動揺する。

しかし、千代の手紙は「わたくしが手紙をよこせば、」と書出し

……わたくしは後悔なんかしてゐません、けれどもわたくしが手紙を上げれば、あなたはきつとあの冷い眼角《めかど》を立てて、ピリリと震ふでせう。さういふあなたの姿がわたくしには見えるやうです。

と「後悔」はしない、「冷たい眼角」の「私」と復縁を全く求めていないという内容であった。その手紙を見て、「この儘打すごすより他ないといふ事が分つた。」として、「再び結婚を申込む」ことは「人生を殊更に悲劇化する感傷の罪悪を二倍化する」と考える。

それよりも私は、千代のあゝいふ姿をそのまゝ、この人生に於いて是認しようと考へた。それを客観的な存在として——。

「私」との婚約を破り、自由奔放に生きる千代の生き方を、「私」とは別の「客観的な存在」として「是認」する。「客観的な存在」とは、そのまま相手の行動を認めることである。それが「いっこく」な「私」の結論であった。

千代の「悪しき性格」と「私」自身の「いっこく」さに破婚の原因を求めながらも、起こったことをそのまま認め、何もしないと、「私」は腹を決めたのである。

このことは「いっこく」な性格の「私」が、「千代の在所を探し、千代に再び結婚を申し込む」ような、別れた千代にいつまでも執着することなく日々を送ることでもある。このような心境に到った作中の「私」を是認する、作者石浜の思いも込められていると思われる。

大正十年十月に婚約して、十一月に破れた川端と千代の〝恋愛騒動〟をもとに執筆された「ある恋の話」は、モデル川端の思いを推察しながらも、作者石浜金作の考え方が込められた小説である。それは川端と同じ小説家を目指した、石浜の生き方でもあった。

「非常」との関わり……「客観的」と「客観」

以上のように、石浜は「ある恋の話」の末尾の一文を、「私は、千代のああいふ姿をそのまま、この人生に於いて是認しようと考へた。それを客観的な一つの存在として――。」と誌した。千代その人の生き方を、ありのままに認めようとしたのである。

それに対して川端は、二か月後に発表した「非常」（大正13・12）の末尾部分に、「私の婚約の客観だ。」と同じ「客観」の語を使って、みち子の心の変化を捉え作品をまとめている。

「非常」の「私」はみち子の〝非常〟の手紙を受け取り、その日の夜行で岐阜を訪れる。養家の澄願寺で家出をしたと思ったみち子を見て、「私」は「謝罪の気持で縮か」む。

みち子を一月前の面影もない、人間の色つやは全くない、「一個の苦痛のかたまり」と捉える。「恋している娘」や「背くつもりかもしれない娘」を見ているのではなく、「みち子を見るのが、空虚を見ることで、頭が痛」くなる。空虚とは人間らしい実態のない姿である。

「ある恋の話」にも、〝非常〟の手紙を受け取り、二三日後に彼女を再び訪ね、料理屋で食事をした時、食べたくないと言って「空虚な眼」をする千代が描かれている。この時の空虚は、「非常」のなかでみち子に「空虚」を見ることと同じであろう。

みち子は毎日父母と喧嘩をして泣いていると、一か月の間に十通もの手紙を「私」に寄越した。それは「私」の実感の伴わない「空想の感傷」と思っていたが、みち子には「現実の苦痛」であることに、この時初めて気づく。そのことを「私の婚約の客観だ」とする。

「私」がみち子と婚約することによって、みち子はそれに反対する父母と毎日のように争っている。それを婚約によって起こった現実だと考えているのである。

しかし「私」はみち子の〝非常〟の別れの手紙を、父母との争いの結果と見ながらも

どんな「非常」があるのかは分らない。しかし、私との結婚がみち子を拉《くだ》きつぶしたのだ。その重荷に堪へられなくてあの手紙か。

と、「非常」の実態は不明としながら、別れの手紙を書かせたのは父母との争いが原因として、一応の決着を付けたのである。

川端はそれ以前に「非常」の「三」節の中で、主人公の「私」ではなく友人の柴田（三明永無）に三つの理由を語らせている。みち子の手紙を受け取ってすぐに、友人の柴田に会いに行った時のことである。

＊「渡瀬がみち子と鵜飼を見物した夜に、いたづらをしてしまつたんぢやないかね。」

「渡瀬」は「南方の火」（「新思潮」大正12・7）に「夏の初めにみち子を岐阜に訪ねて来た」「法学士」で、「前からみち子を欲しがつてゐ」たと誌されている。

＊「和尚だつて何をするか分らない。」

養父の可能性も語らせている。

＊「みち子の実父が手紙で言つてやつたんぢやないだらうか。あの時承知はしたものの――。」

みち子の実父が原因ではないかと考えたのである。「あの時」とは岩手県岩谷堂に三明永無、鈴木彦次郎、石浜金作と訪ね、実父・伊藤忠吉に結婚の承諾を得たことである。柴田のこの言葉に「私」は

「僕にもそんな気がする。」

さう答へながら、私は北国の小学校の寂しさうな小使の姿を心に浮べた。あの男か、あの男の家庭に暗い影があるのだらうか。

何か理由を見つけたい「私」は、このとき柴田の言葉に同意するが確信を持ったわけではない。「非常」の結末は

一個の苦痛が私に近づいて、火鉢の向ふ側に硬く坐つた。

と「私」と、「一個の苦痛」に満ちているみち子との対面で閉じられ、その後は誌されていない。〝非常〟の内容は最後まで明確に誌されてはいない。

川端の小説「非常」は自身の体験をもとに、石浜の描いた「ある恋の話」の最終節の、「千代に対する私の責任を感じさせて困つた。千代の生涯を狂はせたものは私である、」という「私の責任」(「非常」では「私との婚約がみち子を拉《くだ》きつぶしたのだ。」)と、「客観的な一つの存在」という現実の千代を認めること(「非常」では「私の婚約の客観だ」)に照応する形で発表された小説である。石浜の小説での問いに対する、川端の作品での答えでもあった。

「首輪」――「私の憂鬱」と「日本の首輪」

「新潮」の昭和二十六年一月号に発表された「首輪」は、作者を想起させる「私」の気持が率直に現れた掌篇小説であり、私小説である。
四百字詰原稿用紙で約十三枚の作品は、十一月二十八日、二十九日の天候から書き出され、鎌倉に住む「私」の娘の友子と飼犬・アカの二十八日の夕方から夜中の二時頃までの出来事に多くの枚数が費やされ、最後に作家である「私」の現在の心境が綴られている。
以下、「首輪」の記述に沿いながら作品の背景も適時紹介し、主題を探ってみたい。

一 「寒の底」

「首輪」は次のような「きつい木枯」「冷たい吹降り」という、東京では珍しく厳しい寒さの情景から書き出される。

十一月二十八日、東京は一日ぢゆうきつい木枯であつた。そして夜なか過ぎてから、みぞれまじりの雨が雪になつたらしく、二十九日の朝は、屋根や庭石が薄白かつた。今年初めてだ。しかも冷たい吹降りは夕景までつづいた。

作品に描かれる「私」が、娘と妻の三人で鎌倉に住む作家であり、話の内容が作家の日常の一こまを想起させるので、十一月二十八日、二十九日の実際の気象状況との関わり、作者がそれをどのように取り入れ、作品にしたのかへの興味が湧く。

「首輪」の発表は昭和二十六年一月号なので、発行日を考慮すると執筆時期は前年の十二月前半であろう。十一月二十八日は木枯で「二十九日の朝は」「薄白」く「今年初めてだ。」の初雪については、毎日新聞（11月30日付）に「スキー場に活気」「東京にも一月早い初雪」の見出しで

東京の初雪は例年より約一ヵ月早く廿九日早朝の首都を束の間の雪化粧に彩った。この初雪、中央気象台の記録によると平均十二月廿三日前後の降雪に比べて約一ヵ月早く昭和十七年以来九ヵ年ぶりの早い初雪、……午前六時から降り始めた……

と誌されている。平年より一か月も早く、九年振りの「早い初雪」であった。記事には「この日気温は東京が一・一度（午前七時）で例年より二・三度低く、全国各地も平均三度低い寒さだった。」とも記されている。

このような、例年にない寒さが予想される記述に続けて、「首輪」は

北海道は吹雪、陸上では風速十五メートル、海上では風速二十メエトル、十一隻の漁船が遭難して、四十何人が絶望と、例によつて、そんな記事が二十八日の新聞に出てゐた。越後の国境も吹雪、草津温泉あたりも雪がつもつた。

とあり、「私」が原稿を書いている東京だけでなく、北海道、新潟、群馬など全国的（東日本）に冬の厳しさが強調される記事が紹介される。「例によって」とは感情を押し殺して淡々と記す、ニュース記事の常道の書き方と言うことであろう。

「そんな記事」として作者が主に参考にしたのは、「風速」や遭難漁船の数などから考えて、二十八日ではなく「朝日新聞」の昭和25年11月29日（水）の次のような記事であろう。

全四面のうちの（三）面のニュース紙面の最下段に掲載された、「十七名死亡」「北海道に猛吹雪」の見出しの、十一行の記事である。

【函館発】北海道南部は二十七日夜から二十八日朝にかけ猛吹雪に襲われ、風速陸上十五メートル海上二十メートル（函館地方）室蘭は風速二十メートルに達した。これがため出漁中の漁船の遭難が続出し、二十八日午後十時までに函館海上保安部に入った報告によると、漂流五隻、衝突二隻、沈没、座礁、大破各一隻死亡十七名、行方不明三名を出している。

「首輪」の「陸上では風速十五メートル、海上では風速二十メートル」は、「風速陸上十五メートル海上二十メートル」から、「十一隻の漁船の遭難」は記事の合計十隻の計算違いか、十隻では切りがよすぎるので十一隻にしたのではないか。

また「四十何人が絶望」は翌日の「朝日新聞」11月30日（木）の

死亡三十四名

函館の暴風雪

【函館発】二十七日夜から二十八日にかけての暴風雪による函館海上保安部管内の漁船遭難死亡者は、二十九日午後一時現在三十四（海中に転落行方不明となった者を含む）となった。

や、「毎日新聞」（昭和25・11・29）の「北海道に暴風雪」「死者3行方不明52」の見出しなどを参考に、間をとって四十何人としたのであろう。

「二十八日の新聞に出てゐた。」は実際の日付とは異なる。該当するのはすでに引用したように、二十九日、三十日の新聞記事である。

なぜ、事実と異なる二十八日にしたのか。それは北海道の漁船の遭難が二十八日ではなく、前日の二十七日であることを、明確にしたかったからであろう。

二十九日の記事では東京の木枯と同日の二十八日のことと誤解されると思ったからではないか。なお、越後国境、草津の雪については、最初に引用した毎日新聞に、新潟では初めてのラッセル車の出動、群馬でも一月早い初雪などが紹介されている。

時間的流れは北海道の遭難、越後、草津温泉の雪、東京の木枯、初雪の順である。

以上のように、「首輪」は東京や北海道の天候不順を書き込みながら

シナ事変のはじまつたころから、日本のはるあきの気候も荒んだやうで、大陸風の三寒四温がはなはだしくなつたが、昨日今日はその寒《かん》の底であつた。

と、一挙に社会情勢の大きな変化と結び付ける。「シナ事変の……気候も荒んだ」はシナ事変（昭和12・7・7）と現在の日本を重ね合せ、「昨日今日」の天候不順を「寒の底」と誌す。それは天候のことだけでなく、作品末尾に誌される現在引き起こされるかもしれない「私」の、「世界戦争へのおそれ」に対応する表現でもある。

二　子犬・アカの首輪

次に場面は一転して、「鎌倉の私の家」での娘の友子とアカの話に移る。

――二十八日、鎌倉の私の家で、娘の友子は夕飯の支度に台所へ出て、白菜を鶏のスウプで煮てゐたが、それに少し酒を入れてはと思ひついた。

と書き出される第二節は、次のような内容である。

生後四か月の子犬のアカ（毛が赤一色なので）は沢庵の他は何でも食うが、友子が小さい杯で三杯ぐらい飲ませた酒は初めて。友子が顔を近づけると酒臭い息をしている。

夕飯過ぎに東京に行つた女中が首輪を買つてくる。二週間前にアカが嘗めたカステラの弁償のつもりである。アカは捨犬の母犬の子で、五匹のうちアカだけ女中部屋の寝床に入れていたので情が移つたのである。「アカが一番しひな」（生気がなく弱っている）ので加代も友子も「いぢらしくな」り、母犬と一緒に「どこにもやらぬことに」したのである。

娘の友子も妻の加代もアカを溺愛するので「私」は「むしろ母犬に目をかけ」ている。

アカは加代が赤いリボンを首に結び、小さい鈴をつけてゐた。発情の母犬について歩くアカの鈴の音を、朝など私は聞いてゐることがあつた。

加代が皮の首輪を買ってきたのは、「そのリボンを気にして」いたからである。それは赤いリボンが余りにも幼すぎると考えたからか、可愛い犬を飾りたい、良い物を身に付けさせたい、可愛いから良い物をという自然な気持からか。

加代が帰ってきたときアカは酔って寝ていた。少しきついと思ったがそのまま首輪を付ける。ところが寝る前に顔と手を洗っていた友子は妙な音を聞く。アカが「ぐったりのびて」「血の気を失つてゐる。慌てて母を呼ぶ。

「あつ。首輪だ。首輪だわ。首輪で咽がしまつてるのよ。」

と叫んだ友子はすぐに洋裁の鋏で皮の首輪を切り、リボンの首輪も切る。「呼吸困難がつづいて、危険は去らなかつた。」が、アカはやがて少し落ち着き、牛乳を嘗める。

「助かつてよかつたわ。お父さまの留守に死なれたら、それみろ、また、つて叱られるわよ。」

ほっとしたのも束の間、二十分ほどすると「ひいひい笛のやうな息をして」もう助からないと思う。アカはしばらくして大いびきをかき、寝小便をする。

「へええ。おどろいた。ずゐぶん出たわよ。まあ、まあ、いいわ。ほつときなさい。いのちが助かつたんだから。」

母は言つた。

かれこれ午前二時であつた。

子犬のアカを巡る首輪事件の全容は、以上のようなことである。

三 「日本の首輪」

最終節は再び「私」を中心に誌される。

——私はこの話を友子に聞いた。来客をさけるために東京の宿屋にかくれて、いそぎの原稿を書いてゐたのだつた。渡邊華山の画集が見たくなつたので、友子にとどけさせるやうに家へ電話をかけた。

作家の「私」は「いそぎの原稿」を抱え、それに渡邊華山が関係していることが分かる。「首輪」と同月号に発表された随筆「大樹」（「俳句研究」）が「いそぎの原稿」であり、その中で川端は華山に触れている。

京都に一週間ほどゐて帰ると、十一月二日、博物館に南画（文人画）展を見に行つた。……私は南画家のうちでは最も大雅に親しむ縁に恵まれ、また最も大雅の大天才に打たれるが、この展覧会で蕪村や華山のすぐれたものを見た。蕪村に夜色樓台のやうな雪景山水のあるのを知つた。華山の美人画や写景図巻もよかつた。

「私」は上野の国立博物館の南画展に出展されていた渡邊華山に心が動かされ、華山に触れる（触れた）ので、参考のために娘に画集を持って来させたのである。それは「アカの事件の翌る日だつた。」

と誌されている。

アカの事件は夜中の午前二時のことなので、厳密には当日になる。第一節の「昨日今日」も二十七日の夜から二十九日のことなので三日間であることと共に、事実より実感を重んじた表現であることがわかる。

次に、「私」はアカに関連して十年ばかり前の自動車にひき殺された子犬のことを思い出す。

十年ばかり前、上野桜木町に住んでゐたころ、妻は散歩につれて出たワイヤア・テリアの子供を郵便局の前で自動車にひき殺されて帰ると、

「ルリが死んぢやつたあ、ルリが死んぢやつたあ。」

と、子犬の死骸を膝において、手放しで泣いた。わたしはそんなことも思ひ出した。

この事件については、川端の妻の秀子が、『川端康成とともに』（新潮社、58・4）で次のように回想している。

谷中坂町では私の方につらい思い出があります。エリーの仔でピッポーという仔犬を郵便局に連れて行った時に、郵便局の前で自動車にひかれて、泣き泣き死骸を抱いて帰りました。主人の日記では、昭和九年十月二十日ということになっていて、私が「『死んぢやつたあ、死んぢやつたあ』と大泣きをする」と書いてあります。ちょうど大島敬司さんが来ておられましたけれど、人前もはばからず泣いてしまいました。

川端は昭和九年六月末に桜木町から谷中坂町に転居しているので、「上野桜木町」は記憶違いかあるいは、秀子の同文章に「川端の小説には犬屋の話が出て来ますが、桜木町四十九番地から谷中坂町までは、犬屋との附き合いが一番多かつた時期でした。」とあるので、犬と深い関わりがある上野桜木町のこととあえてしたのかも知れない。

そして「とにかく、命が助かるといふことはいいことだ。」と、娘からアカの話を聞いた、その時の「私」の心境が率直に述べられる。このような気持になる理由として、「首輪」の末尾に、次のような文章が誌されている。

アカの命が助かつた話で、私の憂鬱はいくらか薄らいだ。私の憂鬱は、昨日今日のラヂオや新聞によるもので、中国共産軍が二十万以上朝鮮にはいつてアメリカ軍と戦ひ、世界戦争のおそれがまた加はり、日本の首輪もしまつて来る思ひをしてゐたからであつた。犬一匹の命でも助かればいい。

「私の憂鬱」の原因である「世界戦争のおそれ」については、「朝日新聞」（十一月二十九日）の一面に「越境中共軍は廿万　マ元帥声明」「新しい戦争に直面　早期終結の願望空し」の見出しで「総司令部は二十八日午後五時二十五分特別発表＝マックアーサー元帥は中共軍二十万余が北鮮に侵入したとつぎの通り声明した。」とマッカーサーの声明が掲載されている。

過去四日間の国連軍総攻撃作戦に当って敵が展開した反撃から見て、大陸の中京軍二十万以上の兵力が軍、軍団、師団編成をもって、北鮮地区の国連軍の正面に陣を張っていることが明白となった。……この結果われわれは、まったく新しい戦争に直面している。

このような朝鮮半島での「まったく新しい戦争に直面する」おそれの中で、朝鮮の隣国日本も戦争に巻き込まれ、日本の存在をも危うくする「日本の首輪もしまつてくる思ひ」に至ったとき、「私」は〝皮の首輪〟によって死に瀕した犬一匹の生還にも、「私の憂鬱」が晴れる思いがしたのである。「犬一匹の命でも助かればいい。」は、「新しい戦争に直面する」恐れのある「私」のその時の率直な感想であり、それはまた作者、川端の思いでもある。

当時の川端は昭和二十五年の四月にペンクラブの会員（昭和二十三年六月二十三日に日本ペンクラブ会長に就任している）とともに、広島、長崎を視察、同月十五日に「世界平和と文芸講演会」で、「日本ペン・クラブ広島の会」名で、「平和都市として新しき道を辿る広島の復興を心から喜ぶとともに、われわれの平和に対する情熱と決意を新たにし、」を含む「平和宣言」を読んでいる。

また同宣言を含む「武器は戦争を招く」（「キング」昭和25・7）では、「当時ドイツあたりが次の戦争の原因になりさうな気配であつたのに、現在ではそれがアジアに移り、而も広島と長崎の悲劇を招いた日本も、その発火点になるのではないか、といふやうな噂さへ聞くに及んでをります。」と、敗戦からほぼ五年で再び戦争への危惧を表明している。

「首輪」の執筆は戦争への恐れを感じ、平和への思いが特に強い時期であった。

また、執筆時期と考えられる昭和二十五年十二月頃の川端は、十二月号に『千羽鶴』の第四章「続母の口紅」（「小説公園」）、長編小説『虹いくたび』（「婦人生活」昭和25・3〜26・4）の連載、新聞小説『舞姫』（「朝日新聞」（昭和25・12・12〜）の連載開始など多忙を極めている。「首輪」と同月号の「中央公論」（昭和26・1）には、十五年前に発表した掌の小説「愛犬安産」（「東京日日新聞」、昭和10・1・21）を想起させる、犬の出産を扱った「ルイ」を発表しているが、これは未完に終わった。

掌篇小説「首輪」は二年後に刊行された作品集『再婚者』（三笠書房、昭和28・2）に、「再婚者」「さざん花」「白雪」「お正月」「夢」「夏と冬」「雨の日」「冬の半日」「再会」と共に収録されたが、その後の新潮社版の各種の川端全集・選集（『十六巻本全集』昭和23・4〜29・4、『十巻本選集』昭和31・1〜31・11）、『十二巻本全集』昭和34・1〜37・8）、『十九巻本全集』昭和44・4〜49・3））には収められなかった。それは作品末尾に誌された社会状況とそれに関わる率直な感想が、時代と共に移り変わることに拘ったからではないか。

それは又、犬の首輪と「日本の首輪」のコント風な落ち、「私」の率直な平和への祈念が、時を隔てて振り返るとき、作品の弱さとして川端に感じられたからではないか。

「雨の日」――「底冷え」と「春雨」

「底冷え」

「素直」の復刊第一号（昭和24・5）に発表された「雨の日」は、「細雨のもと40万　メーデー各地区で盛大に」と「神奈川新聞」（昭和24・5・2）の一面に取り上げられたメーデーには触れることなく、次のように何気ない今年の天候や、今日と昨日の二日間の天気の話題から書き出される。

　今年は冬が暖かだつたが、春になつてから寒い。五月にはいつた昨日今日も、鎌倉で、明けがたや夜ふけは薄寒く、底冷えの感じだ。

例年の麗《うらら》かでのどかな春の日とは異なる、五月一日、二日の「薄寒」い「底冷え」の描写である。一見、作者を思わせる「私」（川端は鎌倉の長谷に住居を構えている）は机に座って仕事をしていると考えられる。

「五月にはいつた昨日今日」とあるので、今日は五月二日である。作家と想像される「私」が最初に取り上げるのは、〝底冷え〟に関する回想である。京都の底冷えを知らない娘には通じないが、亡くなった妻は「京都のやうだね。」という言葉に合づちをうつ。

「二十年ほど前の五月、私は下加茂の川べりの宿に十日あまり泊」り「夜は火燵《こたつ》にあたつてゐた」

が、「その後、東京の春で冷える日には、京都のやうだと私は言ふ。二十年間きまり文句だ。」ったと誌されている。

下加茂は去年の葵祭の頃、「狂つた一頁」の撮影に十日ばかり立ち合つたので懐しい。

「四撮影所の門」（「映画時代」昭和２・８）

夜はシナリオの相談あれど、今のうち寝て置いてくれとのことにて、楽屋に床取つて貰ひもぐり込む。……

楽屋に帰る。京の底冷えなり。連盟員諸君大火鉢を囲む。

「狂つた一頁」撮影日記（「週刊朝日」大正15・5・30）

とあるように、川端は大正十五年五月中旬、映画「狂つた一頁」の撮影の為に十日間程、京都に滞在し、「底冷え」を体験している。なお、葵祭は五月十五日である。

妻の相槌については、「実は受け流してゐた」か、くりかえしたので実感はなくても「相槌を打つ習はし」になったのではないかと「私」は思っている。

そして春の寒さ・京都・二十年前の例と言う連想は、「ずゐぶん世間が狭い」し、「人間の一生の貧しさのしるし」と、「私」は自分自身を顧みている。

「底冷え」の回想については「妻が死んで、京都のやうだがもう娘にも通じなくなつてからは、なほさう感じられる。」と、「私」は他人との関わりの少なさや、人生経験の乏しさに思い至って閉じられる。

「雨の日」の書き出し部分には、昨日と今日の〝底冷え〟を通して、「私」の亡妻への思い、娘との心の距離、今までの生き方への自省など、現在の「私」の心境が率直に綴られている。

なお、五月一日、二日の天候については、事実に近い形で誌されている。参考までに神奈川と東京の「天気」欄を挙げておく。

「天気」「東のち北東の風曇りのち雨」「神奈川新聞」昭和24・5・1

「北西風晴れたり曇ったり」同上 5・2

「天気」「東の風や丶強く雨うすら寒い、あす北の風や丶強く晴れたりくもったり」

「北西の風や丶強く晴、一時くもりところによりニワカ雨」

「朝日新聞」昭和24・5・1

同上 5・2

一日は雨が降り、一日には北東、二日には北西の風が吹き、寒さの厳しい天候であった。

「春雨」

次に、京都につながる「私の口癖」のひとつ、「戦争がはじまってから、春雨が降らなくなつたね。」と語る「春雨」について誌す。

静かに音もなく降る「春雨」の好きな「私」にとって、それは「日本の春らしい春の日がなくなつたといふことだ。」と考えるが、すぐに疑いを持つ。戦争が始まってから十年ほど、日本の気候は狂っている（太平洋戦争が始まった昭和十六年から九年目で、ほぼ事実に近い）。しかし私の「春雨」は関西の春雨で、戦争前に関東で「関西のやうなやさしい春雨」が降ったかどうか自信がないからである。「私」の記憶は子供の頃の関西の春雨の記憶で

春雨が好きなのも、近年春ごとに春雨を心待ちにするのも、自分の子供のころをなつかしがる、郷愁のあらはれなのかもしれないと思はれる。

と、老境に近づいて子供の頃を懐かしがる「郷愁」の一つではないかと思う。

また、亡くなった妻について、「私」と妻の春雨への思いの違い（私は京都の、妻は東京の子供の頃）に今頃になって気づいて「少しさびし」くなる。

「春雨についても、娘は一向に頓着しないやうだ。」と、娘との距離感は「底冷え」の時と同じく縮まらないと誌して、〝春雨〟の回想も閉じられる。

以上の「春雨」の記述は「私」の妻や娘との違和感とともに、次の場面に描かれる昨日の春雨の降る日の出来事を導くために、「底冷え」と同じ京都につながる春雨の回想に及んだと考えられる。

しかし、ここで注意しなければならないのは、同じ春雨でも「私」の思う春雨は「やさしい春雨」なのに対して、これから誌す昨日の春雨は「煙るような雨」であり、最初に引用した新聞記事の「細雨のもと40万」と誌される、「こまかい雨といふだけでむしろさびしい感じ」の春雨であることである。

以下、作品の中心である昨日の出来事について誌すことにする。

昨日のこと

作品は「私」の「底冷え」と「春雨」の回想から、一見唐突に感じるほど
昨日の朝は田舎から伯母が着くといふので、いつもより早く起きると煙るやうな雨で春雨だった。この春はじめてだ。
と、「春雨」の降った昨日の出来事に移っていく。
歯を磨きながら見た「私」には新鮮な、巣立ったばかりの小綬鶏《こじゅけい》の雛が二羽、庭を歩いているのに

も娘は全く関心がない。それだけでなく雨の中伯母を迎えに行くことも嫌がっている。伯母（母の姉）については、娘がお祖母さんから聞いた話として「評判のけち」だと言うのを聞いて、「私」は娘もけちなところがあるのを思い出す。

娘の京子の醜いこととけちなこととが、なにかつながりがあるやうに考へて、死んだ妻は苦に病んでゐた。自分が寝てゐて、娘に小さい時から台所の細かい金をあつかはせたのが悪かつたかと、よく言つてゐた。

上手くいっている親子なら娘のけちなど思い出さないだろう。そして昨日から作っていた洋菓子についても、伯母のためではなく、今日やって来る婚約者（西崎）のためだと聞くと、「私」は「少しがつかりす」る。

京子をいやがらせたにちがひなかつたが、私も少しがつかりした。娘の婚約者が来るのにがつかりするといふのは悪いが、このことでも私たちのあひだに溝が出来てゐた。

と、伯母の出迎えに加えて婚約者のことでも、「私」と娘の間には「溝が出来てゐ」て、お互いの溝は深まるばかりである。この後も「私」と娘の京子の溝は埋まることはない。

娘の京子はパンをかじって急いで大船駅に迎えに行く。この時の「私」の気持は次のような言葉に明確に表れている。

母も娘も今日はそれぞれ人を待つてゐるわけだ。しかし私は二人のよろこびと離れてゐる。にもかかはらず、母と娘とが別の人を待ち、ほとんどまつたく別な気持でゐるらしいのを、私は不都合だと思ってゐる。二人のわがまま勝手をとがめてゐるやうだ。

「私」、母、娘の三人それぞれの疎遠さが誌され、それだけではなく母と娘の気心が通じないことを、「私」は「わがまま勝手」でおかしいと思っている。勝手だと思いながらも自分の事を差し置いて母

と娘を非難する。冷え冷えとした家族関係が想像される記述である。家族だけでなく十時頃やって来た婚約者についても

私が西崎を好いてゐないためか、京子は西崎に引目を感じてゐるためか。私は愉快でなかつた。自分から気軽に洋間へ顔を出す気にならなかつた。

と、少しも親しみが感じられない。「西崎も私を意識してゐるらしく、あたりさはりのない会社の話ばかりしてゐ」て、二人の会話も「上面だけで調子を合はせてゐる」としか思えない。「私」の心が晴れることはない。

「むしろ伯母と母と老人たちの話の方が私の興味をそそつた。」とあるように、「私」の興味は伯母と母の会話に移っていく。これから迎える老年への興味である。

二人は「私」（源吉）の老けたこと、後添えのこと、路子（亡くなった妻）の結婚のことを話題にしたあと、病気がちな路子の代りにずいぶん面倒を見たのに、懐《なつ》かない京子を話題にした母に対して伯母は

「さうか。それぢやさびしいね。私たちきやうだいは、年のわりにぼけてゐないが、この次会つたら二人ともぼけてゐて、わけがわからんかもしれんよ。ぼけないうちに田舎へいつしよに帰らう。」

と、伯母が母に田舎に帰ろうと誘うのを聞く。母の返事は聞えない。この言葉によって、「私」が母とも離れる可能性が示唆される。

西崎は午飯前に突然帰ることになる。老人達はそのことに気づかない。母も西崎が京子と同い年で気が弱そうなのがいやな上、孫の京子についても

「私や源吉に遠慮しいしい、自分ばかり乗気らしいが、向うはどうなのかね。器量が悪いから、

会社でもきつときまり悪がつて、自分はかくさうかくさうとしてゐるんでせう。路子が死んでから、ろくなことはない。」

と、伯母に述べるように批判的である。「私」と娘の関係だけでなく、母と娘の離ればなれの気持も明確に現れている言葉である。

「雨の日」は、春の日の朝晩の「底冷え」の描写で書き出され、「私」の家の午前中の出来事（昨日のこと）が誌されたあと、結末はこの春初めての「春雨」が降り、「門の脇の二三本のもみぢの若芽に煙る春雨を眺めてゐた」「私」の、次のような描写で結末を迎える。

　京子は傘をすぼめて右手につかみながら門を入ると、かどぐちに走りこんだ。自分の部屋から出て来なかつた。しばらくして泣声が高くなつた。

　老人たちがひつそりとその泣声を聞いてるのかと思つて、私はふすまをあけてみると、伯母も母も口をあけて眠つてゐた。

　十年ぶりで会つた七十過ぎの姉妹がならんで昼間眠つてゐるのを、私は立つたまちよつと眺めてゐた。

「私」が娘の京子の泣声を聞き、眠っている母と伯母の「老人たち」の様子を注視する場面で、四百字詰原稿用紙で約十八枚の作品は閉じられる。

ここには前途多難な結婚生活あるいは破綻（婚約の解消）が予想される、京子と婚約者西崎との関係、それには無関心で、現在の生活にそれなりに満足している母と叔母、バラバラな家族関係を意識しながら老いを迎える「私」という、登場人物の現在の、そして今後の人生が暗示される。

すでに触れているが、以上のような「春の日」の末尾部分には細心の注意が必要である。作品の書き出しの「底冷え」を感じたのは今日（五月二日）であり、「春雨」の降る日が昨日のことの確認である。それは作品の末尾を受け継ぐ、現在の「私」の心境だからである。

そのことに気づけば、書き出しの「………鎌倉で、明けがた夜ふけは薄寒く、底冷えの感じだ。」という一文が、単に季節感を表す言葉だけでなく、「私」の心の問題であることになる。「私」は娘の京子とも母と伯母とも心が通じあっているわけではない。そして京子と老人たちもお互いにそれ程の興味もない。眠っている「七十過ぎの姉妹」を眺めている「私」には、心の通わないバラバラな家庭が浮かび上がってくることになる。

「私」の好きな春雨の降る日の翌朝の、〝底冷え〟に通じるような冷え冷えとした家庭が描かれているのが、五十前後かと思われる「私」（源吉）、亡くなった妻（路子）、二十六歳の娘・京子、会社の同僚で同い年の西崎（婚約者）、私の母・よし子（七十過ぎ）、その姉（七七、八歳）の六人が登場する「雨の日」という作品であった。

「雨の日」は外村繁編集の同人誌「素直」の復刊第一号（昭和24・5）に発表され、「再婚者」（「新潮」昭和23・1～5、8、27・1）「さざん花」（「新潮」昭和21・12）「白雪」（「別冊文芸春秋」26、昭和27・2）「お正月」（「別冊文芸春秋」25、昭和26・12）「夢」（「婦人文庫」昭和22・11、12合併号）「夏と冬」（「改造文芸」昭和24・1）「冬の半日」（「中央公論文芸特集」10、昭和27・1）「首輪」（「新潮」昭和26・1）「再会」（「世界」昭和21・2、「文芸春秋」昭和21・7）とともに、作品集『再婚者』（三笠書房、昭和28・2）に収録された。その「あとがき」で作者は

私の作品は戦争前も戦争中も戦争後もあまり変りはないが、敗戦から七年を経、全集十六巻も出し終つて、今は変りたいと切に思つてゐる。したがつて、この集のやうな短編小説も、もう再びはかきたくはないのである。

と誌している。はじめての『川端康成全集』もほぼ完結し（最終の第十六巻は昭和二十九年四月刊）、新しい作品を「切に思つてゐる」ときの言葉である。

しかし「雨の日」は川端の代表作『山の音』（筑摩書房、昭和29・4）に描かれる、ほぼ十年後の「私」の姿を想像させる、去年還暦を迎えた主人公・信吾や、結婚問題を抱える京子を思わせる出戻り娘・房子が登場して、掌の小説「卵」（「人間」昭和25・5）「かけす」（「改造文芸」3、昭和24・1）などとともに、『山の音』を予兆させる作品である。なお、『山の音』の第一章「山の音」は、「雨の日」発表と同年の「改造文芸」昭和24年9月号に発表された。

『山の音』の「栗の実」（「世界春秋」昭和24・12）には信吾の出戻りの娘・房子（三十歳）について

> 房子の生れた時にも、保子の姉に似て美人になつてくれないかと、信吾はひそかに期待をかけた。妻には言へなかつた。しかし、房子は母親よりも醜い娘になつた。

と、「雨の日」の京子と同じように娘の醜さが描かれる。また、「雨の日」で伯母に「源吉もふけたねえ。」と言われるような外見だけではなく、『山の音』には

> 加代といふ女中は半年ばかりゐて、この玄関の見送り一つで、やつと記憶にとまるのかと考へると、信吾は失はれてゆく人生を感じるかのやうであつた。　「山の音」

> 保子の言ふ通りに、母と娘とのあひだでは、なんでもないことなのかもしれないと、信吾も考へてみたが、怒りで体がふるへると、年齢の疲れが深い底から来るやうだつた。　「蝉の羽」

と、記憶の衰えによって「失はれてゆく人生」を感じる姿や、深い底から来る「年齢の疲れ」が誌さ

れている。

また、「雨の日」は今日と昨日の二日間のことだが、後に一年間に渡って連載され、川端の代表作の一篇となる『みづうみ』（「新潮」昭和29・1〜12）の、主人公・桃井銀平の軽井沢の秋口の場面から始まり、様々な回想の後に信州の温泉場に戻る、時間的流れの先駆けとなっていると考えられる。

なお、『みづうみ』のこの構成は単行本（新潮社、昭和30・4）にまとめる際、11月号の後半と12月号の掲載部分を削除することによって、細部に痕跡を残しつつも壊されることになる。

「雨だれ」――「可愛い目」と「鼻の影」

子供たちの「二十の扉」ごっこをしている場面から書き出される「雨だれ」は、「新潮」（昭和31・1）に発表され、「あの国この国」「並木」「自然」「雨だれ」「岩に菊」「富士の初雪」「無言」「夫のしない」「弓浦市」「船遊女」とともに、作品集『富士の初雪』（新潮社、昭和33・4）に収録された。

主な登場人物は、家主の沼尾と妻しづ……長男が小学五年生なので三十代の夫婦と推測される……、二階の六畳を借りている日高と敏子……入籍していない二十代の若夫婦……、日高夫妻の会社の同僚、時子（二十代）、そして沼尾夫婦の子供、信一、文男（小学二年）などである。

「雨だれ」（四百字詰原稿用紙で約十二枚）はしづ、敏子のそれぞれの夫と若い時子との、浮気の疑いを巡る、各人（特に女性達）の心の動きが作品の中心である。

「二十の扉」――「子供の遊び」

四人の子供（長男・信一、小学二年の次男・文男、隣りの格など）が遊んでいる「二十の扉」は、出演者が順番にアナウンサーに質問しながら、多岐にわたる問題の解答を導き出すラジオ番組である。昭和二十二年十一月一日から昭和三十五年四月二日まで、毎週土曜日の夜、七時半から八時までNHKラジオ（第一放送）で放送された、視聴者に人気のあった長寿番組である。

子供たちの遊びの内容は、作品の冒頭部分に出演者役とアナウンサー役（信一）の会話によって、次のように具体的に誌されている。

「その水は今、音がしてゐますか。」

「さうです、今、音がしてゐる水です。」

「その音は、ポッツリコ……？」

「さう、うまい。」

「雨だれ……。」

「さう、雨だれ……。御名答。」

みごとに四問であたつてしまつた。

「音がしてゐる水」「ポッツリコ」のヒントによって、子供達の「二重の扉」は四問で答が出された。

「子供のことだから、問題は簡単である。」と冒頭部分に誌されているように、子供達の遊びは、簡単に形がついてしまった。このことはこれから描かれる大人の問題は、そう簡単には解決しないということを暗示している。「二重の扉」の〝雨だれ〟は、大人達の〝問題〟のための前提である。

それだけでなく〝雨だれ〟はその定義によって、作品の主要な登場人物であるしづと敏子の性格も明らかになる。

子供の遊びを二階で聞いていた日高の妻の敏子が、「小さい文男ちゃんが、よくあてたものですわ。」と言うと、文男の母のしづはお隣りの格ちゃんが、ポツツリコと言ったのだから当たり前だという。

「さうかしら……。今ここに、音がしてゐる水といふだけでは、雨か雨だれか、まだわからないわ。」

「雨が、音がすれば、雨だれでせう。」

「あら、雨の音と雨だれの音とはちがふわ。ちがひますわ。」

音がすれば〝雨だれ〟というしづと、音だけでは雨か雨だれか区別がつかないという敏子。軒から滴り落ちる雨水を〝雨だれ〟と知っているしづは、このことを無理に「言ひ争ふ」必要もないと考えて切り上げてしまう。

このしづと敏子の会話によって、「二重の扉」ごっこをしている子供と同じ程の、ある意味でひとりよがりで心が狭い、物事の本質に近づけない敏子の性格が浮かび上がってくる。

以上のような〝雨だれ〟を巡る会話を頭に入れながら、「雨だれ」の山場である最終場面を読み解くことにする。が、その前に次の点を明らかにしておく。しづと敏子の、それぞれの夫との不倫を疑う時子への思いである。

ある時、しづは一人で二階で寝ながら襖越しに、敏子に向かって「沼尾の女」は「あの時子とかいふ人ぢやないかしら……?」と言って、「敏子をぎよつとさせた」ことがあった。夫の日高と一緒にいる時のことである。

敏子がぎょっとしたのは、時子が同じ会社に勤めていて「日高と怪しいと疑つている相手」だったから。よりによって、敏子が夫に時子のことで、泣きごとを言っていたときである。

しづと敏子の二人とも、自分の夫の浮気相手を時子と思っているのである。「しづの夜の妄想のたはことには、日高も気味が悪くなったらしく」とあり、敏子も夫と同様にしづの疑いを「妄想」と思っている。「奥さんもあんなこと言ふくらゐだから、時子さんてよつぽど浮気者なのよ。」と夫にあてこすっても、しづの夫・沼尾と時子の関係は疑っていない。

一方、しづの疑い……沼尾と時子の関係……は、日高がしづの声を聞いて、「しづの夜の妄想のたはこと」「今の奥さんの声、こはいね」と感じる程、思い込みは深くもっと深刻であると思われる。

鼻の影――時子

「雨だれ」の山場である最終場面は、家の近くで、子供の怪我人を運ぶ救急車を見て、沼尾と一緒に帰ってきた時子が、一人だけ二階に上がってきたときから始まる。時子がしばらく黙っていたので「『救急車の警笛、あたしたちも聞いたのよ。』と、敏子が言つた。」に続く記述である。（数字は引用者による）

「さう、あたし、いやだつたわ。あたしね、急に年内に結婚することになつて、それを報せに来る途中だつたから……。年はだいぶちがふ人なのよ。」（1）

「それはおめでたう。知らなかつたわ。」と、敏子は明るく言つて、可愛い目が涙ぐみさうにさへなつた。（2）

「あなた、時子さんにお部屋がいるやうだつたら、隣りの八畳はどうかしら……。」（3）

日高は答へなかつた。時子の片頬にきれいな鼻の影が妙な形に動いた。（4）

下でも隣家の子供たちの帰るけはひの後、夫婦の低い話声を、子供部屋のやぶれ樋から落ちる水音が消してゐた。（5）

それぞれの会話について説明する。

1　しづと敏子の二人に疑われている時子の言葉である。二階に上がってきたときに「部屋が明るくなるやうな感じ」とあり、時子は元来、明るく花やかな印象の若い女性である。

その時子が少し沈んで「いやだつたわ。」と言う。救急車の警笛がいやだったのは、直接的にはひかれた子のことがあったからだが、時子にとって目の前の最大の問題である、結婚の報せの途中のことだからである。この時、時子が心から結婚を喜んでいると思えないのは、わざわざ相手を〝年のだいぶ違う人〟と付け加えていることから明らかである。

2　時子の結婚の報告を初めて聞いて、敏子は心から喜びを伝える。それだけでなく「涙ぐみさう」にさえなる。敏子もまた「可愛い目」に象徴されるように明るい性格だったが、時子のことを考えると、それまで心が晴れることはなかったのである。

3　間借りしている部屋（六畳）の、隣りの八畳を時子に勧める敏子はこの時、すっかり安心して……時子と日高の浮気の疑いが消えて……、しづが「八畳を貸したら、その権利金か敷金で、あの雨樋を直さうと思ふの。」と言っていたのを思い出して、これから結婚する時子に勧める。全くの親切心からである。

4　時子の結婚の報告を聞いた夫の日高は、何も「答へなかつた。」としか誌されていない。日高も時子の結婚の予定を今、初めて知ったのである。敏子が夫と時子の関係を疑っていた時に、「このごろ時子が敏子の貸間へ遊びに来ないのは、そのためだ。」とあるように、敏子が気づいているのではという疑いなども二人の話題に上り、日高と時子の関係は少し前から上手くいっていなかったのであろう。

しかし、時子の結婚の知らせを聞いた動揺で、日高は何も言えなかったのである。貸間のことより、時子とのことが日高の心を占めていると思われる。一方、時子は敏子の言葉を聞いて

　　片頬にきれいな鼻の影が妙な形に動いた。

のである。鼻が動くのは緊張しているときや、隠し事があるときである。日高との別れを一応納得して、結婚を決めたはずだが……貸間の斡旋《あっせん》を受け入れることはもちろん、即座に断ることも出来ない

ので、時子も何とも言えない反応を示したのである。

このような日高・時子の心の動きを、敏子は察することは出来ない。

5　「雨だれ」の末尾である。

二階の敏子、日高、時子に対して、下の部屋では「やぶれ樋から落ちる水音」であまりよく聞こえないが、沼尾「夫婦の低い話声」が続いている。

相変わらず、「沼尾が時子といっしょに帰ったのを、しづが責め」ているのであろう。「沼尾の帰らぬ夜」の相手を時子と疑うしづが、しつこく沼尾に尋ねている様子が推測される。

敏子夫婦の方は、時子の結婚の知らせによって一応の形がついたが、沼尾夫婦の方には進展がない。しかし、時子の結婚を聞いた時に、しずがどのような反応を示すかを知るには、今少し時が必要であろう。なぜなら、時子が直接しずに言うことはないし、敏子も何かの折にしか、しづに知らせることはないと想像させるからである。　いずれにしても、しづの気持を知るには、「雨だれ」とは別の作品の用意が必要であろう。

「あの国この国」――「もう一人の自分」

「雨だれ」が三人の女性のうち、しづ・敏子に比重がかかているとすれば、時子と近い立場から描かれたのが、「雨だれ」と同月（一月号）に発表された短篇小説「あの国この国」である。「小説新潮」に発表され、四月号に続編も掲載された。作品集『富士の初雪』の巻頭に収録されている。

平屋に住む平田（日本橋の製薬会社の小売店廻りの外交員）と結婚している中年の女性・高子が主人公である。高子は結婚当初から隣家（二階建て）の主人・千葉（建築会社の設計家）を密かに愛している。一方、若い藤木とは肉体関係を持っている。

このことについて高子は「不倫を犯してはじめて自分に二人の女を発見したといふ不思議は、勿論高子を苦しめたけれども、第三の男をもとめる願望をひそかに生きかへらせたところもあつた。」と、平田（夫）と藤木との接し方の違いを認識するとともに、「第三の男」の千葉を求めたいという「願望」も強くなる。

> 高子は隣家の千葉をもとめてはならないものときめてゐた。それはあり得ないことだ。しかし、藤木と結ばれてからは、千葉と結ばれるのもあり得ないこととは思はぬやうになつた。
>
> 高子にとつて千葉は「第三の男」ではなくて、「第一の男」なのだつた。

とあるように、千葉に強く惹《ひ》かれている。高子は細かいことに拘らない千葉の妻・市子（夫を心から愛している）と接しているときでも……千葉が母の形見のエメラルド色のカットグラスをとても大切にしていることを聞いたときに、瓶に顔を寄せて「目が涙ぐんで」しまう……、千葉への思いを押さえることができない。

そして、「お前、隣りの千葉とまちがひを起してるのか。」と突然言われた時も、否定しながら平田の腕の中で次のように考える。

> しかし、高子は冷たい涙が流れた。平田の腕をのがれようとしない自分を、もう一人の自分がながめてゐた。若い藤木とをかしたあやまちを、夫は相手が千葉だと思ひちがひしてゐる。それを訂正するために、藤木の名を出すのは、また改めて平田を激昂させるだらうし、自分のあやまちを確かな事実にするばかりだといふ気がした。夫が相手を思ひちがひしてゐるところに、高子はまだ心の逃げみちがあつた。夫は確かには知らないのだ。

以上のように、「雨だれ」の若い時子に比べて、中年の高子の心中はより複雑である。「雨だれ」の時子と日高の関係は、敏子の提案によって日高と時子に波紋を与えても、時子の結婚によって明るみに出ないで収束すると考えられる。

一方、「あの国この国」では、高子は意識的に事実誤認をそのまま認め、変えようとはしない。それだけではなく、作品の末尾では、高子は千葉本人に

「女つてこはいと、自分でも思ひますわ。まちがひはそれは死ぬほどくやんでゐますし、別れもしたんですけど、一度まちがひを起こすと、もう一人の自分が出来てしまつたやうで、別の人が前よりももつと好きになるんですもの。こはいわ。」

と、藤木とのことはまちがいで別れたが、別の人・千葉のことはより強く好きになったと告白する。「千葉はまたあやしむやうに高子を見おろして、黒い目が二三度またたいた。」とあるように、もちろん、高子の言葉の暗示する人について千葉自身は気づいてはいない。

この後の高子と千葉の行く末については、また、別の物語が必要になる。

「ロケエシヨン・ハンチング」——処女の裸体

「古い鏡を清めよ。はつ夏は鏡が美しい」と書き出され
　これこそ初夏——初夏のやうに若々しい処女の裸像が、清めた鏡に写つてゐる。青葉と白藤の
　花と一緒に——。

と結ばれる「ロケエシヨン・ハンチング」（「若草」昭和4・6）は、「古い鏡」…「清めた鏡」、「はつ夏」…「初夏」という対応する言葉を用いて、作品の首尾を整えた掌の小説である。

汚れた鏡をきれいにしろ。はつ夏（初夏）には美しいものが写るという初めの言葉は、末尾の美しくなった鏡に、初夏そのものの若々しい「処女の裸像」が写っているという一文に帰着する。

このことは書き出しの「古い鏡を清めよ。はつ夏……」が、初夏は心を清らかにする、美しい季節なのだから、「私」の心の眼を開け、という意であることに気づかせる。

鏡（「私」自身の清らかな心の眼）に写る処女の裸像が、初夏の木々を背景に浮び上がり、作品は閉じられる。

この冒頭と結末の間の、四百字詰原稿用紙で五枚半程について、次に誌すことにする。

作品は馬車のなかから始まり、昨日の撮影所の様子が描かれ、再び馬車の中に戻る三節で構成されている。

作品の主な登場人物は、「私」、その恋人・友子、映画監督・相川である。友子は「今売り出さうとしてゐる」「大部屋女優《ワンサ・ガアル》と準幹部」の間の女優であり、相川は今回の映画の監督である。

主人公の「私」は、恋人の友子と相川の仲を疑って撮影所に行き、翌日温泉のある山峡にまでやってくる。

「私」の疑いが現れている主な場面は、次の箇所である。

1　舞踏曲「竹苑の中」のレコードで踊っている二人を見て、「私」は「二人の踏むステップがところもち固くなつたのを、私は見逃すものか。」と思う。

2　友子が映画の「病室の装置（セット）」につまずいて「走り抜けて行つた。」とき、「友子も相川も、なぜこんなにあわてゝゐるのだ。」と思う。

以上は、「一」節に描かれ、単に偶然であるかもしれないのに、二人が「私」のことを強く意識して、冷静でいられなくなったと推察している箇所である。

3　友子を見て背景画家が新聞の映画記者に、「もつと線が美しく張つてゐたがね。相川と何してから、体の線が崩れたかね。」というのを聞いて、「私はゐたたまれずに逃げ出し」明日、相川と「友子の話をきつぱりつけよう。」と思う。

自分だけでなく、第三者もまた二人の関係を疑っていて、友子の心変わりに確信を持っている、「二」節の場面である。

友子と相川の関係に疑心暗鬼な「私」を中心に描かれた「一」「二」節に続く「三」節は、停車場で相川と友子の二人が「私」を待っていた、朝の場面から始まる。前日、撮影所でオレンジを持って見送りに来るといった友子は、オレンジも持たないで相川と一緒にいる。

乗合馬車の中で「昨日の舞踏曲を思い出」して、はしゃいでいる友子は

「夏の風山より来り三百の牧の若馬耳ふかれけり。」

と詠されるように、短歌（夏の風が山より吹いてきて、牧場に放たれている沢山の若々しい馬の耳を動かしている。）を唱える。若馬や爽やかで気持ちのよい青い風に託して、青春（恋）の喜びを強調していると「私」は理解する。

それを聞いて「私」は「皮肉」を込めて、次のような短歌を続ける。

「やるせなき淫心《みだらごころ》となりにけり、棕櫚の花咲き身さへふとれば。」

相手（男）のことを思うと、苦しくて仕方がないほど乱れてしまう、大きな葉を広げるシュロに花が咲き、あなたも幸せで太ったのでという意で、相川にすっかり心を奪われた友子を、身も心も堕落したと皮肉ったが、「私」の内実は落胆し、「私一人辱めら」れたと思っていたのである。

なお、友子の唱えた短歌は与謝野晶子の作った一首である。第五歌集『舞姫』（如山堂書店、明治39・1）に収録された、晶子の充実した時期の作歌である。

また「やるせなき」は、北原白秋の第一歌集『桐の花』（東雲堂書店、大正2・1）に収録されている。

この短歌の後には、その後の馬車の中の描写がないだけでなく、本来の目的である「ロケエシヨン・ハンチング」についても詠されていない。心が離反した二人には、もはや話すことはなかったのであろう。

宿にいる「私」が、次のように紹介される。

私は一人辱められて、宿の温泉で泣きさうになる顔をざぶざぶ洗つてゐると、友子がいかつい顔で湯殿へ入つてきた。

これ以上ない程の厳しい顔で湯殿に入ってきた友子は、「乱暴に着物を脱ぎ棄て」て

「さあ、私の体をよく見て頂戴。線が崩れてゐるかゐないか。……相川さんが、清らかな体をよく見せて来いつて云つたわ。疑り屋の意地悪。」と、はらはら涙をこぼした。

のである。「私」の疑いは全くの一人よがりであった。相川と友子の間には、「私」や背景画家の考えるようなことは何もなかったのである。

「私」の見たのは紛れもなく「若々しい処女の裸像」であった。「古い鏡」（濁った眼や心）ではなく、「清めた鏡」（真を見る眼や心）に写った友子の姿であった。

この作品の末尾は書き出し部分と同じように、初夏……若々しい処女の裸像……清めた鏡という連想（初夏には処女の裸像が相応しく、それが綺麗な鏡に写っている）によって結ばれている。

なお、後の「針と硝子と霧」（「文学時代」昭和5・11）や「水晶幻想」（「改造」昭和6・1、7）などの先駆けと考えられる、書き出し部分（今日の出来事まで）の連想は、次の通りである。

古い鏡（を）…清め（ろ）…はつ夏（は）…鏡が美しい…（鏡には）細い山峡（が写り）…（そこには）谷の古い木々（があり）…（それは）新しい緑のパラソル（のよう）…（その）パラソルを振る友子…（その）パラソルの尖（が）…舞踏曲「竹苑の中」（の調子を取る）…（ここは）竹林の多い谷間（だから）

「ロケエシヨン・ハンチング」は初夏の美しさを背景に、恋人の真の美しさをとらえた「私」を描いた掌の小説であった。

なお、川端は「ロケエシヨン・ハンチング」と同月号に発表した、随筆「伊豆温泉六月」（「新潮」昭和4・6）の「四　六月の湯」に

湯に入る人を見る季節――はつきり云へば、女の裸体を見るには、五月と六月が一等よいかと

思ふ。

と、初夏の女の裸体の美しさを、また

湯船の若い女の皮膚に、木々の緑、海の色の映る美しさがよい。

女自身にしても――四季十二ケ月のうち五月六月は一番、湯の中で自ら肌の美しさに気がつくにちがひない。

と、木々の緑に映る若い女の肌の美しさを誌している。

「踊子と異国人の母」

――「母の感じ」と「私の小説」

「踊子と異国人の母」（四百字詰原稿用紙で十七枚）は、女学生向きの雑誌「令女界」の昭和七年四月号に発表された。「令女界」については、永井龍男「令女界と若草」（『川端康成青春小説集』ワグナー出版、昭和47・11）が参考になる。

「令女界」は大正十一年四月創刊、「若草」は大正十四年十月創刊された雑誌で、共に日本橋本銀町の宝文館発行である。

「令女界」は、女学校二年生位までを目標にした少女雑誌、「若草」は十代の末から二十一、二才位までの文学好きの若い人々を読者とした文学雑誌であった。

……（中略）……

少女雑誌には、いわゆる少女小説家と呼ばれる一連の筆者があって、それぞれ読者を持っていたが、その顔触れにあきたらず、文壇の新進作家に執筆陣をひろげ、清新の気を求めたのも「令女界」の新機軸であったようだ。

「令女界」は「女学校二年生位」（数えで十五六歳くらい）までを読者対象にして、「文壇の新進作家」も執筆した雑誌ということである。

なお、川端は「令女界」に「踊子と異国人の母」の他、「花束の時間」（昭和4・8）「ポオランドの踊子」（昭和5・9）「翼の抒情歌」（昭和8・1〜6）の三篇の創作と、「浅草の大晦日から元旦」（昭和7・1）「女性的なるもの」（昭和12・7）の二編の随筆を発表している。

「踊子と異国人の母」の主な登場人物は、もと女学校の英語教師で「いきなり浅草のレヴユウ小屋に出て歌」ったクララと、その小屋の文芸部顧問の「私」である。作品はレヴュウ団の文芸部顧問の「私」と踊子・クララの娘をめぐる話である。

代筆と「私の小説」

「想像も出来ないくらゐ珍しく、世間の好奇心」を集めたクララが、婦人雑誌の記者に「どうして先生を止して、浅草で歌ふやうになつたか」の身の上話を頼まれ、「私」が代筆する。題名は「教壇から舞台へ」で、去年の春のこと。

クララのほんたうの身の上話ではなくて、私の小説です。女学校の教壇から浅草の舞台へ落ちて来たアメリカ女——さういふ人物さへあれば、彼女からなにも聞かなくとも、彼女についてのまことしやかな哀話をつくり上げることは、私の商売柄、さまでむつかしくないのです。

クララは「ただ、二枚の写真をみせただけ」で、雑誌に掲載された文章はクララの話した内容とは全く関係のない、「私」が想像で作り上げた「小説」……虚構であった。

「私」はレヴュウの台本を書き、小説家を目指していたので話をつくることは得意である。「まことしやかな哀話」の具体的な内容は誌されていないが、女学校を辞めるには同僚教員との恋、それも妻子ある男であり、泣く泣く別れレヴュウ団に身を落とした、そのような類いの話を作り上げたのではないか。

後にクララの父が、クララの「子供を棄てさせ」「私の姿を同国人に見せたくない」ために、転任先の上海に連れて行ったのは「私の不名誉を隠すため」と誌されているので、若き日のクララは日本人の使用人と関わり、子を生んだのではないかと推測される。

麗子は十九で結婚したとあるので、二十歳前に子供を生んだのが事実とすれば、クララは現在三十代後半であろう。

「浅草と異国人の母」は次に、クララ自身が「私」に語った内容が紹介される。

赤ん坊の写真

小さい鳥屋の二階で見せた写真は、「セルロイドのキユウピイのやう」な「真裸の赤ん坊」であり、クララがいう「私の子供」である。しかし「私はびつくり」せざるをえない。なぜなら「二枚目の写真の三つばかりの女の子」は「友禅の長い袂を着て立つてゐて、日本人としか思はれない」からである。

そのような「私」の疑問にまったく気づかないで、クララは

「……私が横浜の幼稚園の保姆になつたのも、女学校の教師になつたのも、みんなそのためです。別れた子供と同じ年頃の子供を見てゐたいためです。」

と、大きくなった自分の子供を見るために、家族が皆アメリカに帰った後も日本に残り、クララの父が許さなかった日本人との間に生まれた、女の子との再会の思いを語り続ける。

歌手になった理由

そして「私」は雑誌記者の希望通り、クララに先生を辞めてレヴュウの歌手になった具体的な理由を尋ねる。その答えは次の通りである。

1　クララの子供で当劇団の踊子の花形、貴島麗子のため。

……「私」はあっけにとられ、馬鹿馬鹿しい気持になる。さっきの話は「彼女のつくり話」だとさえ思う。

2　麗子が自分の子という、クララがあげた理由は次の四点である。

「あの美しい手足の線」が混血児の証拠

「麗子の顔はこの赤ん坊の写真にそつくり」

「母の感じ」「十何年も夜昼見続けてきた母の心の感じ」

「この写真の赤ん坊と同じ黒子《ほくろ》が、今でも麗子の左の下瞼にあります」

そして、先生になったのは「自分の子と同じ年頃の女の子と暮したくて、自分の娘に会えるかもしれないと思つて」ですから、「私がここの歌手になるのになんの不思議がありませう。私はあの子の傍にゐさへすれば、乞食をしたつてしあはせなんです。」と答える。

クララは我が子への無償の愛を明らかにする。

3　架空の身の上話

「生みの母を持つて自分が混血児だと知ることと、見知らぬ母が日本人だと思つてゐることと、日本娘になり切つた麗子には、どちらが幸福でせう。……私はどんなに書かれたつて、麗子さへしあはせになれば。」という、クララの言葉に「私」は勿論これは私にもたやすく判断のつかない問題でありました。ですから、彼女の子供のことは一字も書かずに、私は架空の身の上話をつくつてしまつたのでした。

〝生みの母〟と〝混血児〟が明らかになることが、クララにも麗子にもいいかどうか、明確に判断出来ないので「私」は〝架空の話〟を作り上げる。

しかし、架空の話はクララと麗子にいいように働けば救いになるが、何時までも真実（？）が明らかにならないとすればマイナスにもなる。

混血児の哀愁と純潔……「私」の思い

「架空の身の上話」を作った「私」は「特別な眼」でクララを見ることになり、「遠い海の夢のやうな、混血児の哀愁と純潔」を感じることになる。そして「母親らしく麗子を愛撫」するクララを見て、麗子が自分の子というのは子供を手離した母のはかない夢なら、クララは「一層可哀相な女」だと思う。架空の話を書くことによって「私」もクララも影響されることになる。

クララの帰国

一人の学生が毎夜のやうに楽屋口で麗子の帰りを待つようになると、クララは寂しげに見え、突然舞台を退くと言い出す。そして「私」を楽屋の裏に呼び出して

「麗子は私の子ではありませんでした。やつぱり私の子ではありませんでした。私はアメリカに帰ります。」

と涙を流しながら言う。そしてこの節は
この時ほど麗子がクララの子であると、私に強く感じられたことはありませんでした。と、麗子がクララの実の母であるという、「私」の強い思いを誌してまとめられる。クララは自分の代りにわが子を守ってくれる人が現れたので、潔く身を引く決心をしたのである。このとき「私」は子供の幸せのために離れる、それこそ本当の親心だと確信したのである。

「私」から麗子へ

最終節は「私」からの、十九歳で幸福な結婚生活をしている麗子への呼び掛けである。クララはお前がいい恋人を持つた以上、異国人が母の名乗などしない方がいいと考え、アメリカへ帰っただろう、赤ん坊の時の二枚の写真を持って。

そして作品の末尾は、次のように誌されている。

クララは彼女の写真をお前に一枚残して行つた。それには「愛する娘、麗子へ、クララ」とかいてあるはずだ。お前はその言葉をなにげなく読んだかもしれないが、お前を心一ぱいわが子と信じて愛してくれたアメリカ女のことを、その写真から時々は思ひ出してやるがいい。たとへそれが、クララの夢であつたにしろ。

お前を自分の子と信じて愛した異国の女を、「その写真から時々は思ひ出してやるがいい」、それが事実ではなくて「クララの夢」であってもと、「私」は考えている。

ということは、たとえそれが真実ではなくても、わが子と信じて愛する母の心を尊べということである。子を思う母の心は真実以上ということでもある。

このような母の心については、「踊子と異国人の母」の直前に発表した「女といふものは母」（「現代」昭和7・1）に、犬の生みの母と継母の争いを例に

「母の本能つて恐ろしいもんですね。」

「犬だつて人間だつて、女といふものはみんな生れながらの母なんだよ。母といふものは自分の腹を痛めない子にも母なんだよ。犬でさへほかの犬の子がこんなに可愛いんだよ。ねえ、分つてくれるでせう。」と、彼の手を取つて泣く母を、

「お母さん。」と彼も呼ぶと、もう実母とか継母とかの区別は全く失はれて、ただ母といふものの真《まこと》が二人の間に通ふのであつた。

と、実母かどうかにかかわらず、女は「みんな生れながらの母」であると誌している。

それはクララが麗子の実母の如何に関わらず、〝母の心〟を持っているということでもある。

なお、赤ん坊の写真については二年ほど前に「踊子と異国人の母」と同じ「令女界」へ発表した、「ポオランドの踊子」（昭和5・9）の末尾部分に

「私ね、三千穂といふのだけ、本字を覚えたのです。――プロマイドは小さなレナが、客席へ売りに行くのですけれど、この赤ん坊写真は一枚しかありません。三千穂さんに上げます。恋人のお姉さんに。――弟さんも、お姉さんのやうに美しくやさしい少年でせうと、私はいつまでも思つてゐます。一度も会はないから美しい恋。」

と誌されている。「踊子と異国人の母」では赤ん坊の写真は二枚、愛する相手に与えるのは自分（クララ）の大人の時の写真、それに対して「ポオランドの踊子」では踊子自身の赤ん坊の写真一枚を記念に残す点は異なっていても、「赤ん坊写真」が作品に効果的に描かれているのは同じである。

また、「母の誕生」（「現代」昭和3・10）には、クララとほぼ同じ心情が描かれている。自分を棄

てすべてを捧げる、わが子への愛である。

「だから打ち明けたぢやないの。――でも、お母さんの話を聞いて、私泣きましたわ。十五年もつと、あなた一人のことばかり思つて生きていらしたのですものね。あなたと別れて二三年後に、養成所へ半年通つて幼稚園の保姆におなりになつたのよ。あなたと同じ年頃の子供と一緒にゐて、遠くのあなたもこんなだらうと思つてゐたいためにね。それから、あなたが小学校へいらつしやるまでに、小学校の先生の免状お取りになつたのよ。だけど、そのうちにあなたが中学へ行くやうになる。自分に力もないし、女では中学の先生にもなれないし、それでお母さんは素人下宿をお始めになつたのよ。今この家に四人ゐる大学生が、ちやうど、それ、あなたと同じ年頃でせう。その人達からあなたを想像出来るわね。――私はこれまでどの子供も私の清一だと思つて、心一ぱい世話して来ましたつて、泣いていらしたわ。あなたに信じられて？　――こんなに深い、つつましい、辛抱強い愛つてあるでせうか。」

母の顔も覚えていない清一に、彼の母の下宿にいる恋人の朝子が語る場面である。わが子を思いつづける場所……素人下宿とレヴュウ団……は異なっても、幸せを願う気持は変わらない。

「小説の力」への疑い

クララと「私」を通して、母の心情が中心に描かれている「踊子と異国人の母」にはもう一つ、問うべき点がある。それは「私」の誌したクララについての婦人雑誌の記事が、「あの記事はつくりごと」「私の小説」「まことしやかな哀話」「架空の身の上話」であり、虚構であると説明されていることと、真実とのかかわりである。

クララの子について、「私」は……「架空の身の上話」によって「まことしやかな哀話」を作り上げる。「私」の「教壇から舞台へ」という文章では全く触れなかったが、クララは率直な「母の感じ」「母の心の感じ」によって、日本人としか思われない麗子をわが子と信じきっている。

「私」は麗子が娘だというクララの告白を聞いて、「遠い海のやうな、混血児の哀愁と純潔」を感じると共に、それがクララの「はかない夢」であり、それを信じている「一層可哀想な女」という、相反する印象や反応を示すことになる。

そして最終節では「私」は、麗子が「愛する娘」という「クララの夢」を肯定する呼びかけを麗子にする。そのことは「私」の作り上げた「架空の身の上話」……「私の小説」以上に、真実でなくてもクララの「母の心の感じ」を認めることでもある。

「踊子と異国人の母」は、翌年に発表した中編小説「禽獣」(「改造」昭和8・7)によるスランプを脱する以前の、川端康成が〝小説〟に対する疑いを持っている時期の作品である。

ここには「この小説の中の少女程の可憐さと新鮮さとを妻に感じたことは昔から一度もなかつた。／あの腰の曲つた青い餓鬼のやうな病人に、どうしてこんな力があるのだらう。」と、小説家の力を描いた掌の小説「硝子」(「文芸時代」大正14・11)や、「僕の筆は自分ばかりでなく他人の運命までも支配する魔力を持つてゐるのだから。」という「処女作の祟り」(「文芸春秋」昭和2・5)に描かれるような〝小説の力〟を強く信じる姿はないと考えられる。作者の明らかな迷いの時期の作品である。

「処女の祈り」（川端康成）と「地獄」（金子洋文）

――〝悪魔祓い〟と〝雨乞《あまごい》〟

川端康成に掌の小説「処女の祈り」（「文芸春秋」大正15・4）がある。四百字詰原稿用紙で約四枚の作品である。

村人達は小山から石塔の落ちるのを見て、「何か悪い事が村に起る前兆」「神か悪魔か死人かの祟り」と思い、その怨霊退散のためにお祈りをと考える。十六七人の村の処女が集められ、「清らかな娘達、腹が裂けるまで笑つてやれ。村に禍ひするものを笑つて笑つて笑ひ祓《はら》つてやれ。」という、老人の音頭とともに健康な処女達は「ワツハツハツハツハツハア……。」と笑い出す。笑いによる悪魔祓いである。

怨霊退散の儀式については、次のように説明されている。

村人の一人が墓場の枯草に火をつけた。悪魔の舌のやうな焔のぐるりを、処女達は腹を抱へ、髪を振り乱し倒れ転んで笑ひ廻つた。笑ひ始めた時の涙が乾いてしまふと、その眼は怪しく輝いて来た。笑ひの嵐が嵐に重なつて人間の力はかうして大地を滅ぼせるのだと思へた。娘達は獣のやうに白い歯を見せて踊り狂つた。何と野蛮で奇怪な舞踏だらう。

「悪魔の舌のやうな焔のぐるり」を「髪を振り乱し倒れ転んで笑ひ廻」り、「娘達は獣のやうに白い歯を見せて踊り狂」う、「野蛮で奇怪な舞踏」である。

墓場のある小山の上で、悪魔祓いのために「ワツハツハツハツハツハア……。」「アツハツハツハツハア……。」と笑い続ける、清らかで健康的な処女達が記憶に刻まれる、印象的な作品である。

この作品について川端は「獨影自命─作品自解」の「十一ノ八」で
「処女の祈り」は全く空想である。しかし悪霊退散のために村の処女達が墓山の上で笑ひ狂ひ踊り狂ふといふ空想は好きである。湯ケ島は谷の真中の小山の上が墓場である。

と自作自解し、「夏の靴」「お信地蔵」「二十年」とともに、「いづれも野性へのあこがれが見える。」とも誌している。

以下、作者が「全く空想」であり「好き」だという、「悪霊退散」のために処女達の笑い踊り狂う場面の執筆に、何らかのヒントを与えたと思われる作品について誌してみたい。


プロレタリア作家・金子洋文に「地獄」がある。大正十二年三月号の「解放」に発表され、同年五月に刊行された作品集『地獄』(自然社)に収録された中編小説である。

川が涸《か》れ、燃えるような晴天が続く旱魃《かんばつ》のA村の百姓たちと、その村のすべての土地と温泉の権利を所有する酒田家の当主・大納言との対立を描いた作品である。

農民たちの代表は七日間の雨乞いと、三日目に酒田家と交渉して一庫の米を貰うことを決める。九人の神女(女房、娘、母親など)は九人の委員の家から選ばれた。

四日目に行われた酒田との交渉は決裂、その夜、好色家の大納言は村人に変装して雨乞いに参加、神女で美形の平吉の浮気者の女房・おつねと交わる。それを見た夫の平吉は「彼を捕へ、女房を遁《のが》すためにある策略を巡らす。

大納言は雨乞をけがしたものとして「鉄道の奴」(工夫)と間違われ、降り出す雨の中、数十の群衆によって〝地獄〟(火山から湧きでる熱湯)に向かって運ばれていく。

作品の末尾は次の通りである。

「雨だツ」

「雨が降つたぞツ」

彼等は何もかも忘れた。自分達は今どんなことをしてゐるか、どんな忌《いまわ》しい運命の手が次の日、自分達を待つてゐるのか少しも考へてゐなかつた。彼等は無我夢中であつた。そして、狂人の群の様に乱舞しながら恐しい地獄へ向つて驀進《ばくしん》した。

雨乞いが成功して雨が降ったと信じる農民達は、「鉄道の奴」と思って大納言を地獄に放り投げるために、なりふり構わず地獄に向かう。それは単に火山の熱湯だけでなく、「次の日」に待っているであろう殺人罪として囚われる事、それによって今以上に苦しく一瞬の内に生活の糧を失う〝地獄〟でもあった。

この「地獄」について川端康成は「三月文壇創作評」(「時事新報」大正12・3・16)で、今月の「唯一の傑作」、「プロレタリア文学の「最初の傑作」とまで、高く評価した。「創作評」の「五」は

> 金子洋文氏の「地獄」(解放)は今月私が読んだ作品中での唯一の傑作である。そして私の知る限りでは所謂プロレタリア文芸が提唱されて以来の其の要求をも満たすべき最初の傑作である。

と書き出され、末尾部分で作品の魅力について

> 熱湯を湧出してゐる『地獄』や、田に亀裂が生じ苗が枯れようとする旱魃や、雨乞ひの太鼓の音や篝火や、美以上の性欲の網を織出すやうな雨乞ひの神女達の単純で怪奇な踊りや、其他自然描写や情景描写も、作品を豊穣にしてゐる上に、実によく作者の主観を明かにする為めの暗示として二重の効果を奏してゐる。大地主が神女の一人を瀆したために、雨乞ひをけがした者として鉄道工夫と誤認されたまま狂熱した群衆の叫喚の中に地獄へ投げ込まれ、其時雨が爽然と落ちて

来る結筆は、作者の結論を語り作品に光彩を加へてゐる。と具体的に誌している。

川端が「処女の祈り」を執筆したのは大正十五年二月、「地獄」を読んだのは大正十三年三月で、二年ほど以前のまだ記憶に新しい時期である。

川端が「創刊の辞」を発表した「文芸時代」の創刊号（大正13・10）に、同人ではないが金子洋文は少年時代を回想した小品「野を行く」を発表している。その後も「何よりも先づ、金子洋文氏の書く戯曲はほんたうの戯曲である。これだけのことでも今日の戯曲界では尊重すべきことであるらしい。」（「五月戯曲評」、大正14・6「演劇新潮」）、「金子洋文氏の戯曲『盗電』は軽いものだが、いいものだつた。」（「十四年落書」、大正14・12「文芸時代」）とその評価は高い。

以下、川端が「処女の祈り」を執筆する際に、頭に浮かんだと思われる点について、まとめると（似ている点とあえて相違させたと思われる点など）次のようになる。

1　「処女の祈り」の悪魔祓い・怨霊退散と、「地獄」の雨乞いという、村人達の祈りが、作品で重要な場面であること。

2　処女達の「野蛮で奇怪な舞踏」（処女の祈り）と、年齢に関わりなく代表達の家族の「神女達の単純で怪奇な踊り」（地獄）の、その踊り狂う様子が詳細に描写されていること。

3　「処女」を重視する「処女の祈り」と、「貞操は、それ程重大なものでない。それ以外に、女房はまだいろいろな立派なものを持つてゐるではないか。」（地獄）と貞操を意に介さない相違する倫理観。

4　「地獄」では「子供達の観察は全くあたつてゐた。九人の神女のうちで美しいのはやはり勘兵衛の娘と平吉の女房であつた。（可愛らしい勘兵衛の娘のことは、いつか別の時にくはしく語ることにする）」と、神女のうち、平吉の女房・おつねの大納言との交わりが描かれるのに対して、別の機会にゆずるとして語られてはいない勘兵衛の「娘」は、「処女の祈り」に描かれる処女の娘達とも考えられる。

最後に「処女の祈り」の悪魔払いの場面についてはすでに誌したので、「地獄」の雨乞いの儀式の場面を引用する。

ドン〳〵ドコ、ドコドン……こんな調子で二つの太鼓がなりはじめた。すると、周囲の百姓達が一斉に手を拍《う》ち始めた。そしてあるく丶りに来ると、ワ、ワ、ワツと喚声を上げた。と、白、赤、緑の三人の神女が、くるくると風車のやうに身体をまはして中央までかけて来た。そして、ドンドンと強く打つ太鼓でぴつたり静止して、右足をさつ丶と前にあげた。これをきつかけに情念で胸をやくやうな、単純で怪奇な踊りが初まつた。

繊細な踊りしか見てゐない都会人が見たら、それは実に恐しいリズムを持つた踊りであつた。その踊りには技巧といふものがなかつた。人間の肢体が、棒のやうに上に上つたり、下に下りたり、左右にひろがつたりするのであつた。そしてその線の織出すものは美以上の性欲の網であつた。

この単調な踊りは際限なくつゞいた。そして三人の神女が昏倒しさうになつた時、初めて他の三人の神女がかはつて、くるくると風車のやうにまはつて中央に踊り出した。同じことがまた繰返された。

「地獄」に描かれる神女達の「情念で胸をやくやうな、単純で怪奇な踊り」と、「処女の祈り」の「娘達は獣のやうに白い歯を見せて踊り狂つた。何と野蛮で奇怪な舞踏だらう。」と誌される「腹を抱え、髪を振り乱し倒れ転んで笑ひ廻」る場面に、直接ではなくても何らかのつながりを感じるのはそう難しくはないだろう。

しかし、処女達の「ワッハッハッハッハッハア……。」という「笑ひの嵐」によって、怨霊退散・悪魔払いをするという「空想」は、川端独自のイメージであることが、「地獄」の雨乞いの場面を知ることによってより明らかになる。

『みづうみ』と「バッタと鈴虫」
――「蛍籠」と「光の戯れ」

川端康成の『掌の小説』は二冊目の掌の小説集『僕の標本室』（新潮社、昭和5・4）に収録された自伝的作品「油」（「新思潮」大正10・7、「婦人乃友」大正14・10）から、代表作『雪国』（創元社、昭和23・12）をもとに執筆された遺作「雪国抄」（「サンデー毎日」昭和47・8）までの、ほぼ百八十篇を数える、川端文学の全生涯に渡る作品群である。

その中で「愛犬安産」（「東京朝日新聞」昭和10・1）から「ざくろ」（「新潮」昭和18・5）までの九年ほどの一作もない昭和十年代と、昭和二十年代後半から三十年代に「秋の雨」（「朝日新聞ＰＲ版」昭和37・11）が発表されるまでのほぼ十年間（「首輪」「明月」「小説その後　舞姫」「雨だれ」「弓浦市」「匂ふ娘」の六篇を発表、ただしこれらの作品は、『川端康成全集　第一巻「掌の小説」』新潮社、昭和56・10には一作も収録されていない）が、川端にとって掌の小説の数少ない疎遠な時期であった。

これから取り上げる『みづうみ』（「新潮」昭和29・1～12）は、掌の小説の発表が少ない（ない）時期と重なり、「掌の小説」とのつながりが薄い作品と考えられているが、果たしてそうであろうか。

以下、掌の小説「バッタと鈴虫」と『みずうみ』との関わりについて、具体的に誌し考えて見たい。

中編小説『みづうみ』は、終末部に後をつけてきた女（ストリイト・ガアル）と銀平が登場し、つ

れこみ宿に入るのを断られた女の投げた小石が銀平にあたり

銀平はびつこをひいて歩きながら、なさけない気持だつた。町枝の腰に蛍籠をつるして、なぜ真直ぐに帰らなかつたのだらう。貸し二階にもどつて靴下を脱ぐと、くるぶしが薄赤くなつてゐた。

と、銀平がつるした「町枝の腰」の「蛍籠」を象徴的に描いて閉じられる。『みづうみ』（新潮社、昭和30・4）は、「新潮」連載の十一月号の後半（四百字詰原稿用紙で約三枚）と十二月号の全文が削除されて刊行されたが、その時、なぜそのまま帰らなかったのかという、三十四歳の銀平の痛切な想いは、作品『みづうみ』を終結させるのに必須の記述であり、結末になった。

元高校教師の桃井銀平は自らの転落に深く関わった三人の女、教え子・久子とはやがてくる結婚によって永遠に別れる運命にあり……「じつは久子が結婚をして、この新居に移るとは、知るよしがなかつたのである。」……、従姉妹のやよひとの日々は彼方の幼い記憶であり……「やよひも銀平をうとんじ、露骨に見くだした。」……、「銀平の犯罪の動かぬ証拠」であるとともに、無実を証明する……「銀平が盗んだともはつきりきめてはゐない。」……ハンド・バックの所有者・宮子とは再び会うことはない。

蛍狩りの日に銀平が蛍籠をつるした町枝は、以上の三人とは異質の、銀平にとって「聖少女」であった。「うらぶれ、心もやぶれてゐた」「現在の銀平」にとって、同じように後をつけることがあっても全く別世界の人であった。

銀平は古里の昔のやよひを思ひ出し、かつての教へ子の玉木久子を思ひ出したが、この少女の足もとにもよれないと今は感じられた。やよひは色白だつたが、かがやく肌ではなかつた。久子の肌は浅黒く光つてゐたが、色によどみがあつた。この少女のやうな天上の匂ひはなかつた。この世に存在しないような「天上の匂ひ」を放つ町枝を、やよひや久子は「足もとにもよれない」と考えるほど、銀平の町枝への「あこがれ」は強い。

銀平が蛍籠をひっかけたのは「自分の心を少女のからだにともすやうに、蛍籠を少女のバンドにひつかけたと、後からは感傷で見られるだらう。」と誌されるように、町枝の一部分になることによって、転落した生活からの脱出を試みたかったのである。

しかしその想いは街の女と行動を共にしたことによって、成功することはなかった。銀平は流浪生活を再び送ることになる。それは再会する当てのない、ハンド・バックの持ち主、宮子に会い、罪人でないことを証言してもらうまで変わることはない。

一時的であっても救いの可能性を示唆した、町枝の腰につるした〝蛍籠〟は、一篇の作品の終結にふさわしい表現であった。川端自身、『みずうみ』は未完であり同じ量の補筆が必要だと語っているが（「川端康成氏に聞く……聞く人　武田勝彦」昭和45・2「国文学」）、それは片が付いていない「同じ魔界の住人」宮子との関わりが主要部分であろう。

銀平と宮子という「魔界の住人」同志が触れ合い、火花を散らすどのような世界が展開されるか、作者には恐らくその答えは用意されていなかったであろう。その時、作品の円環構造は崩れることになる。

それが初出の最終回（昭和29・12）の、信州の温泉場で銀平が女中と関わる場面の削除になったと考えられる。

以上のような『みづうみ』の構成上、主要な役割を荷う銀平が町枝に蛍籠を引っ掛けた場面は、全四章の『みづうみ』の最終章に描かれている。

蛍狩りにやってきた町枝と学生・水木の会話を欄干で聞いていた時のことである。町枝の恋人・水野は病気、水木（宮子の弟）はその親友であり、町枝にあこがれている。耳をすませていた銀平は欄干を離れて、町枝のうしろへ忍び寄つた。ワンピイスの木綿は厚いやうだつた。蛍籠をさげる針金が鍵形なのを、バンドにそつとひつかけた。町枝は気がつかない。銀平は橋のはづれまで行くと、町枝の腰にぽうつと明るい蛍籠を振りかえつて立ちどまつた。

のである。町枝に深くあこがれる銀平にとって、「母の村のみづうみ」にも飛んでいた蛍を二十七匹入れた蛍籠を黙って引っ掛けたのは、自らの好意を現す最大限のことだった。

そのような銀平の切ない想いは、当の町枝は蛍籠に後に気づくことはあっても、だれの仕業かには永遠に思い当たらない。銀平にとっても町枝に永遠に伝えることが出来ないことだった。銀平は続けて次のように思う。

いつのまにか腰のバンドに、蛍籠がひつかかつてゐると、少女が知つた時にどうするだらうか。銀平は橋のなかほどにもどつて人ごみにまぎれながらうかがつたつて、なにもさう、少女の腰をかみそりの刃で切つた犯人ほどに、おそれることはあるまいに、足が橋をうしろにして行つた。「どうするだらうか」と思いながら、しかし、銀平は少女の思いを深く想像することはなく、「この少女によつて今、銀平は心弱い自分を発見した。発見したのでなくて、心弱い自分に再会したのであるかもしれない。」と、蛍籠を引っ掛けたあとの少女の反応を見極めることなく、その場所から〝逃亡〟することになる。少女の手厳しい反応が恐ろしかったからである。

蛍狩りの日に、町枝に蛍籠を引っ掛けることによって銀平は荒んだ心に灯を点したかった。しかし、その思いを相手の町枝が知ることは永遠にない。

大正十一年八月十七日に執筆され、「文章倶楽部」の大正十三年十月号に発表された掌の小説に「バッタと鈴虫」（四百字詰原稿用紙で約九枚強）がある。『みづうみ』連載の三十年ほど以前である。その中で最も印象的な場面は、夏の夜のとある土手で、二十人の虫捕りをする子供たちが手にする美しい提灯……「多くは子供等が思案を凝《こ》らして自分の手で作つた可愛らしい四角な提灯」……に、それぞれ制作者の名が刻み抜かれているところである。

それらの名前の中で「女の子の胸の上に映ってゐる緑色の微かな光は『不二夫』とはつきり読め」「男の子の腰のあたりに揺れてゐる紅い光を読まうなら『キヨ子』と読める。」。

その「光の戯れ」を当の本人である「不二夫」も「キヨ子」も知らない。それを知っているのは散歩に出て、虫捕りの子供たちを見ている大学生の「私」だけである。それは次のように誌されている。

　そして、不二夫は鈴虫をやつたことを、キヨ子は鈴虫をもらつたことを、いつまでも覚えてゐようとも、不二夫は自分の名が緑の光でキヨ子の胸に書かれたキヨ子の名が紅い光で自分の腰に書かれ、キヨ子は自分の胸に緑の光で不二夫の名が誌され不二夫の腰に自分の名が紅い光で誌されたことを、夢にも知らねば思ひ出しも出来ないであらう。

お互いに知らないままに自分の名が、好意を持つ相手の胸に、腰に映し出されている提灯の光こそ、『みづうみ』に描き出される、蛍籠の明るい光ではないか。

微かな緑色と紅い提灯の光と蛍籠からもれる蛍の光のイメージ、そして、「バッタと鈴虫」の不二夫とキヨ子は永遠にその光に映る名前に気づかないように、『みづうみ』の町枝も自分のバンドに引っ掛けられた蛍籠の光にはすぐに気づくことはない。

美しい光に様々な象徴を読み解く「バッタと鈴虫」の「私」と、蛍籠に自分の思いを重ね黙って去っていく銀平の違いはあっても、美しい光に心が深く揺り動かされたことには変わりがない。

『みづうみ』末尾の「町枝の腰に蛍籠をつるして、なぜ真直ぐに帰らなかつたのだらう。」という一文に、掌の小説「バッタと鈴虫」に描かれた美しい提灯の「緑と赤の光の戯れ」、お互いに好意を持つ男の子と女の子を想起さすことで、主人公銀平の「聖少女」町枝への蛍籠による一時的な救いが、そしてこの後、待っているであろう苦しい流浪の生活がより深く読者の心に刻みこまれることになる。

それは「蛍の火は幽霊じみて見えないでもない。」と思う『千羽鶴』（筑摩書房、昭和27・6）の主人公・菊治とは違って、安らぎを感じる光であった。

「合掌」の推敲——「合掌の力」の明確化

「合掌」は「婦人グラフ」（大正15・8）に発表され、『僕の標本室』（新潮社、昭和5・4）に収録された掌の小説である。

「彼」とその妻を中心に〝合掌〟を巡って構成されている。

『掌の小説』の中では、初出と単行本収録の文章の異同が比較的多く、作品読解に関わる改稿がなされていると考えられるので、すでに書き下ろしで発表した「『合掌』―「自分の力」論」（『川端康成「掌の小説」論―「雨傘」その他』龍書房、平成15・3に収録）があるが、改めて全三節の主な推敲部分を巡って誌してみたい。

（　）の部分は異同のない箇所である。

「一」

最初の節は海辺にあるホテルの、新婚夫婦の初夜の場面である。

1　（その寝姿をじつと眺めてゐると、）なんとはなしに静かな涙が出た。

（初出）何とも云へない静かな哀れみで、ぽろぽろと涙が落ちた。

寝床を見た彼は「ぎよつと胸を冷や」して「静かな哀れみで、ぽろぽろと」涙を流す。そのとき「哀れみ」を感じるのは、彼がこれから共に生活する花嫁を上から見下ろす感じが滲み出て、二人の距離が離れ溶け込んでいない様子を暗示している。

「静かな哀れみで、ポロポロと」を「なんとはなしに静か」にと改稿することによって、二人の距離が初出より縮まり和らげられている。

「合掌」の作品末尾に描かれる彼と妻の心の食い違いを、二人の違和感を弱めることによって、より効果的に盛り上げようとしたのであろう。

2　（白い寝床が、月の）光の中に落ちた（一枚の白紙のやうに感じられた。）
（初出）光の中で広々と静まつた淵に落ちた
「広々と静まつた」の「広々」や「静ま」りは、開かれた静かなイメージが強く、生きている人間の存在を感じられない「一枚の白紙」の恐ろしさが浮かび上がってこない表現である。改稿は比喩として適していいるとはいえないと考えた結果であろう。

3　（金属の冷たさが頭に沁み通つた。）
静かに合掌した。

（初出）その冷たさで全身を清めながら、静かに合掌した。

「金属の冷たさ」が沁み通り、彼は花嫁に静かに合掌する。しかし、冷たい「金属」は、花嫁への温かみが少しも感じられない表現である。彼と花嫁の心の隔たりを思えば相応しいように見えるが、金属と清らかさは今一つぴったりこない譬《たと》えである。

「一」節の以上の三点の改稿は、彼と妻の距離感を考慮すると共に、より適切な比喩への作者の熟考の結果と思われる。

「二」

この節は彼の幼年期から現在までの〝合掌〟との関わりを述べ、「合掌の力」や合掌によって自分自身の気持が通じると信じていることが誌されている。

4　（しかし孫は）その時、（心が洗はれるのを感じた。）

（初出）その時、死の世界にゐる父母のやうな知慧で、父母についてては「両親に早く死に別れた彼」とあるだけで、他の記述はない。死んだ父母を「知慧」のある明晰な大人と誌すことは、「かたくなな」心をもつ彼とは、ある種の矛盾が生じると考えたための推敲であろう。

5　（毎夜のやうに合掌した。）それで自分の言葉に出さない気持が誰にも通じると信じた。

（初出）

その時、他人の魂は固く合せた自分の掌の中にあると信じた。

勿論彼にも、恋人に合掌する時が来た。しかし幾人もの恋人の魂は、固く鎮した筈の彼の掌から逃げ去つて行つた。

「二」節の末尾であり、初出と定稿には彼の持つ「合掌の力」に大きな相違がある。

初出は〝合掌〟によっても「逃げ去つて行」く恋人を引き止めることができない明確な説明である。

合掌によって自分の気持が通じ自由に出来ると信じていた、彼の「合掌の力」の限界が誌されている。

それに対して、初刊本（『僕の標本室』昭和5・4）収録の際の改稿では、「誰にも通じると信じた。」という、その結果は誌されていないが「合掌の力」を信じる気持の現れた文章に変更された。

初出は「合掌の力」を一度否定して、次の「三」節に移っているが、定稿は合掌を信じている彼を描いて最終節に入っていく。作品の構成の違いが表れた箇所である。

推敲により幼い頃から一貫して「合掌の力」を信じている彼を描き、「三」の作品末尾の彼が「自分の力」を試す場面をより効果的にしたのであろう。

「三」

最終節は昔の恋人の所に逃げ去った妻を、合掌によって呼び戻すだけでなく、すべての女性を意のままにしたい「欲望」を感じる彼が描かれている。

6 （簡単な置手紙をして、昔の恋人のところへ逃げて行つた妻を呼び返さうと祈つてゐるのだつた。）

耳がだんだん澄んで来た。

（初出）

彼の掌の間には、彼が過去に合掌した人の魂が水晶のやうに結晶してゐた。

頭がだんだん清らかになると一緒に、（耳がだんだん澄んできた。）

定稿で削除される「彼の掌の～一緒に、」の文章は、初出「二」の末尾で否定された、彼の「合掌の力」が蘇ることになる記述である。

すでに「5」の部分の改稿で、「合掌の力」を信じることが誌されているので削除したと考えられる。

また、過去に合掌した人の魂が「水晶のやうに結晶」して、彼の「頭が清らか」になるのは、妻が気味悪がったりする彼の人物像との間に、齟齬が生じる表現と気づいての改稿であろう。

7　「よく帰つた。帰つてくれさへすればいいんだ。」
（初出）

『よく帰つた。帰つてくれさへすればいいんだ。帰つてくれさへすればいいんだ。』

『許して下さいね。』

初出の彼が「帰つてくれさへ……」を繰り返す言葉はくどいだけでなく、彼の「自分の力」を信じる気持が弱まることになる。

また、夫の「よく帰つた。帰つてくれさへすればいいんだ。」に対して、素直に妻が謝ることは、後に夫の行動を「まあ気味が悪い。」と述べる、妻の行動にふさわしくないと考えての削除であろう。

8　しかし、彼はこの時、自分の力をためすために、世の中のあらゆる女と夫婦の交はりを結んで彼女等を合掌したい欲望を感じた。
（初出）

しかし、彼はこの時、自分の魂の力のために、世の中のあらゆる女と夫婦の交りを結んで合掌したい欲望を感じた。と云つて悪ければ、大地にひれ伏して祈りたくなつた。

妻はお嫁に来たその日に彼が合掌したのを思い出して、自らが縛られていたことにはっきり気づく。「もうどこへも行きませんわ。ごめんなさいね。」と初めて謝る妻は、夫から永遠に逃れられない諦めの境地に至っていることが読み取れる。

しかし、彼の方はこの時、妻にとどまらず「あらゆる女」を合掌によって支配しようと、一段と高い欲望を持ったのである。

このような思いを初出では「と云つて悪ければ、大地にひれ伏して祈りたくなつた。」と、定稿のような強い思いではなく、「大地にひれ伏」してもそうしたいという、痛々しく弱々しさも感じられるような言葉で誌していた。

定稿は彼の今までにない新しい境地を現すための推敲であると思われる。

初出と定稿との推敲過程は、より適切な比喩、登場人物の行動や性格の整合性などの他、「合掌の力」(「自分の力」)を信じる彼をより明確にするためと推測出来る。それが作品末尾に誌される掌の小説「合掌」の主題を、より鮮明にしたと考えられる。

「朝の爪」の改稿――「白蓮華」と「無心」

「朝の爪」の初出（「都新聞」大正15・9・3）と単行本（『僕の標本室』新潮社、昭和5・4）ならびに『川端康成全集　第一巻　掌の小説』新潮社、昭和56・10）収録の本文との主な相違は次の通りである。

（漢字と仮名、句読点、送り仮名などの変更は除く）　＊ページ・行数は、『川端康成全集　第一巻』による

170・2　男下駄→男の下駄

9　眠つてからも、団扇を→団扇を

171・4　朝まで起きてゐて→朝まで差上げますから→ゐますから

「眠つてからも」「起きてゐて」……「夢」「朝まで」で、娘の状況が明確なための省筆。

5　「直ぐ→「うん。直ぐ

6　「うん」の加筆……〝分かった〟という娘の言葉に同意する老人の気持の明確化。

7　階段→梯子段に火をつけた。→を焚いた。子供の→明るいところに一人では、子供の

「明るいところに一人では、」……子供の時分を思い出すことができない理由の補足。電燈の点る明るい部屋では、現在の娘の状況が明らかであり、純な子供の頃は簡単に浮かばない。

10　娘は蚊帳の↓娘はその中へはいつて

「その中へはいつて」……場面の明確化

11　爽かな麻の肌触りで↓爽かな肌触りに

「麻の」肌触り……上等な蚊帳の爽やかさの強調

12　電燈を消さずに白い↓明るいままもつと白い

「電燈を消さずに」……繰り返しを避けるための削除

14　娘は深い眠りを得た。↓しかし娘は幾月ぶりかの深い眠り

「幾月ぶりかの」……娘の深い眠りの理由。

老人の↓老人が

以上の改稿は、主に登場人物の心理や状況、場面などの描写をより明確にするためである。

以下、「朝の爪」の結末部分の「初出」と「定稿」を引用して校異を誌し、説明する。

初出

「この蚊帳の上へ乗つかれ。これでこの部屋もせいせいする。」
娘は蚊帳の上に投出された足の麻の肌触りから、爽かに白い花嫁を感じた。
「私足の爪を切るわ。」
部屋一ぱい清らかに白い蚊帳の上に坐つて、彼女は　忘れてゐた足の長い爪を切落した。

定稿

「この蚊帳の上へのつかれ。大きい白蓮華みたいだ。これでこの部屋もお前のやうに清らかだ。」

娘は新しい麻の肌触りから、白い花嫁を感じた。

「私足の爪を切るわ。」

部屋一ぱいの白蚊帳の上に坐つて、彼女は忘れてゐた足の長い爪を無心に切りはじめた。

172

1　上へ乗つかれ。↓上へのつかれ。大きい白蓮華みたいだ。

部屋もせいせいする。↓部屋もお前のやうに清らかだ。

2　娘は蚊帳の上に投出された足の麻の↓娘は新しい麻の

爽かに白い↓白い

4　部屋一ぱい清らかに白い蚊帳↓部屋一ぱいの白蚊帳

長い爪を切落とした。↓長い爪を無心に切りはじめた。

「朝の爪」の初出でも「白い花嫁」「白い蚊帳」「清らかに」の言葉によって、体を売って生活しながら「恋人との結婚を待つてゐ」る、「貧しい娘」の〝清らかさ〟が描写されている。

しかし、定稿では娘を「大きい白蓮華みたいだ」と、苦しい現実と対極の境遇を象徴する比喩を補筆し、さらに結末の一行に「無心に」と、彼女のそれ以前の生活のすべてを清算する言葉を補足する。

初出を改稿することによって、足の爪を「無心」に切る「大きい白蓮花」のような「彼女」が浮かび上がり、「朝の爪」の娘の清らかさが初出に比べてより強調され、掌の小説「朝の爪」の完成度が高まることになった。

『雪国』と掌の小説

川端の掌の小説はその創作活動のほぼ全般に渡り、代表作との関わりも深い。

その中で『雪国』とは、川端没後に発表された「雪国抄」（「サンデー毎日」昭和47・8・13）――初出「夕景色の鏡」「白い朝の鏡」「物語」の抄出――の存在が明らかになるまで、『みづうみ』（「新潮」昭和29・1～12）などとともに、関わりの薄い作品と考えられていたが、掌の小説を想起させる文章が、「雪国抄」以外に全くないわけではない。

昭和十年代の川端には、「東京日日新聞」（昭和10・1・21）に、飼い犬の出産を誌した「愛犬安産」を発表してから、「少女の手記」をもとにした、「新潮」の昭和十八年五月号掲載の「ざくろ」まで、掌の小説はない。

その間の川端の主要な仕事が、これから取り上げる、昭和十年一月号の「夕景色の鏡」「白い朝の鏡」を初めとして、二十二年十月号の「続雪国」（小説新潮）で完結する『雪国』である。

なお、川端は「ざくろ」の後、『雪国』完結までに「十七歳」「わかめ」「小切」「さと」「水」「五十銭銀貨」「さざん花」を発表している。「さざん花」以外は若い女性の雑誌投稿をもとに執筆した作品である。

以下、具体的に『雪国』で、掌の小説を想起させる文章を紹介する。

『雪国』発表以前の作品では「お信地蔵」「夏の靴」「ロケエション・ハンチング」「港」を取り上げる。

最初は、同人である「文芸時代」（大正14・11）に掲載した「お信地蔵」について。

「あすこへ行つてみようか、君のいひなづけの墓が見える。」

駒子はすつと伸び上つて島村をまともに見ると、一握りの栗をいきなり彼の顔に投げつけて、

「あんた私を馬鹿にしてんのね。」

島村は避ける間もなかつた。額に音がして、痛かつた。

「なんの因縁があつて、あんた墓を見物するのよ。」

『雪国』で島村と駒子が師匠の息子・行男の墓の見える所に来たときのこと、芸者の駒子が島村に栗を投げつけ、額に命中する場面である。

馴染みが深まり、駒子はだれにも気づかれないように島村の部屋に来て、二人で外に出たときのことである。

駒子は「いひなづけ」でないことをあんなに否定したのに、行男のことをあえて話題にする、島村への強い失望である。

心が通じ合っていると思っていた相手への失望を、栗が額に命中したことで表したのである。

この場面は、「お信地蔵」の山場である作品の末尾を想起させる。

青白い娘が言つた。

「あら。犬にだつて毬《いが》は痛いんですは。」

女たちがどつと笑つた。彼は秋の空の高さを感じた。もう一発、

褐色の秋の雨の一滴、毬栗がお信地蔵の坊主頭の真上に落ちた。栗の実が飛び散つた。女たち

はくづれるやうに笑つて、どつと喊声を上げた。

その昔村のすべての若者を受け入れたお信（五十年程前に亡くなっている）にあこがれを持っている彼は、温泉宿に滞在している。

ある日、乗合馬車で見た「色情のなま温かい欲情」をもつ娘に美しさを感じていた。

彼は引用文の直前で、その娘が実は病気であったことを知り、色情に幻滅を感じる。

そして、同じ色情豊かなお信地蔵の頭に彼の打った毬栗が命中する末尾の場面で、「お信地蔵」の主題である「色情」への幻滅が極まる。

『雪国』を読む者に「お信地蔵」の一場面が浮び上ると、駒子の島村への失望がより深まることになる。


次に、「文章往来」の大正十五年三月号に発表された、伊豆の街道（下田街道）を舞台にした、掌の小説の代表作の一篇「夏の靴」について。

『雪国』の島村があまりの長逗留に温泉場から離れようと考え、その弾みに、一人で縮みの産地に行った帰りの場面である。


車が駒子の前に来た。駒子はふつと目をつぶつたかと思ふと、車に飛びついた。車は止まらないでそのまま静かに坂を登つた。駒子は扉の外の足場に身をかがめて、扉の把手につかまつてゐた。

島村の乗る自動車に「飛びかかつて吸いついたやうな勢ひ」の駒子は、「夏の靴」の街道一の御者・勘三の馬車に飛びつく、次のような勝ち気な少女を想起させる。

馬車が小さい村に入つた。勘三は高らかにラッパを吹いてますます走つた。うしろを振り返ると、少女が胸を張り断髪を肩に振り乱しながら走つてゐる。片一方の靴下を手にぶら下げてゐる。
間もなく少女が馬車に吸い付いたらしい。
「どうして私を連れて行かないの？　冷たくなつて来て、いやよ。」と、島村への思いが募る駒子は、車に乗るとそう尋ねざるを得ない。
「夏の靴」の港に是が非でも行きたい感化院にいる少女と『雪国』の駒子は、年齢も境遇も異なるが、自分の当面の目的のために自動車と馬車に何の躊躇《ちゅうちょ》もなく飛び付く、その一心不乱の二人の姿には共通するものがあると思われる。
内気な面を持ちながらも、勝ち気な二人の女性を象徴する両場面である。

掌の小説「ロケエション・ハンチング」（「若草」昭和4・6）の末尾に描かれる、若い清らかな女性は、『雪国』で島村が芸者になる前の女（駒子）の最初の印象に重なる。

これこそ初夏――初夏のやうに若々しい処女の裸像が、清めた鏡に写つてゐる。青葉と白藤の花と一緒に――。

（「ロケエション・ハンチング」）

女の印象は不思議なくらゐ清潔であつた。足指の裏の窪みまできれいであらうと思はれた。山の初夏を見て来た自分の眼のせゐかと、島村は疑つたほどだつた。

（『雪国』）

初夏と女の清らかさについては、川端は随筆「伊豆温泉六月」（「新潮」昭和4・6）で、五月六月は女自身も自らの肌の美しさに気づくと誌している。

『雪国』の女（駒子）は「私の生れは港なの。」と、自分の生れは温泉場ではなく〝港〟であると、初対面の翌日に部屋に遊びに来て島村に告げる。その時は芸者ではなく、時たま大きな宴会に出るだけの娘だった。そして

「お客はたいてい旅の人なんですもの。私なんかまだ子供ですけれども、いろんな人の話を聞いてみても、なんとなく好きで、その時は好きだとも言はなかつた人の方が、いつまでもなつかしいのね。忘れないのね。別れた後つてさうらしいわ。向ふでも思ひ出して、手紙をくれたりするのは、たいていさういふ人ですわ。」

と、その時には深い付き合いでない人の方が、別れた後に懐かしく思い、手紙をくれたりすると言う駒子は、「なにしたらおしまひさ。味気ないよ。長続きしないだらう。」と言う島村の、芸者の世話の申し出を受け入れる。

掌の小説「港」（「文芸時代」大正13・12）の娘は、宿屋での彼との仮の妻の生活が終わったとき、同じように生活した前の男に手紙を書くことを彼に頼む。

仮の妻の時には感じなかった、前の男との生活を懐かしく思い出したのであろう。心に残る人についての、同じような港生れの人の述懐である。

次は『雪国』（創元社、昭和23・12）刊行後に発表された、作者の心境の深まりを感じさせる「雪」と「竹の声桃の花」との関わりについて。

駒子のすべてが島村に通じて来るのに、島村のなにも駒子には通じてゐさうにない。駒子が虚しい壁に突きあたる木霊に似た音を、島村は自分の胸の底に雪が降りつむやうに聞いた。このやうな島村のわがままはいつまでも続けられるものではなかつた。

「駒子のすべてが島村に通じる」のに、「島村のなにも駒子には通じ」ないという、二人の隔絶された関係を「自分の胸の底に雪が降りつむやう」という、降る雪にたとえている。

それは晩年の掌の小説「雪」（「日本経済新聞」昭和39・1・1）で、主人公の野田三吉が正月のホテルで

三吉の目ぶたのなかで、粉雪は近よつて来る。そして降りしきるうちに、粉雪はぼたん雪になる。大きい雪片が、粉雪よりもゆるやかに降る。音のない静かなぼたん雪に、三吉は包まれる。

という、「一年のつかれ」を癒すために、雪を思い描く姿を浮び上がらせる。

『雪国』では「駒子がせつなく迫つて来れば来るほど、島村は自分が生きてゐないかのやうな苛責《かしやく》がつのつた。いはば自分のさびしさを見ながら、ただじつとただずんでゐるのだつた。」と誌される駒子の空しさを感じ、寂しさに島村は囚われている。一方、「雪」では寂しさそのものの〝雪〟に癒しを見出だす。

晩年の川端の作品世界の一特色である、絶望からの救いは、『雪国』の世界との歳月の経過と心境の深まりを感じさせる。

最後は『雪国』の末尾。

「この子、気がちがふわ。気がちがうわ。」

さう言ふ声が物狂はしい駒子に島村は近づかうとして、葉子を駒子から抱き取らうとする男達に押されてよろめいた。踏みこたへて目を上げた途端、さあと音を立てて天の河が島村のなかへ流れ落ちるやうであつた。

と誌される「天の河が島村のなかへ流れ落ちる」は、川端の最晩年の掌の小説「竹の声桃の花」（「中

央公論」昭和45・12）の書き出しと末尾の「自分のなかにある」を強く想起させる。

竹の声、桃の花が、自分のなかにあると思ふやうになつたのは、いつのころからであらうか。今はもう、竹の声は聞えるだけでなく、桃の花は見えるだけではなくて、竹の声が見えたり、桃の花が聞えたりもする。（書き出し）

しかし、あの鷹は自分のなかにあると思ふやうになつた。この町に、まして自分の家の裏山に、鷹が来てゐたと言つても、人はまづ信じさうにないので、あまり人に話さないことにしてゐる。（末尾）

先ず「天の河」について。

天の河の明るさが島村を掬ひ上げさうに近かつた。……恐ろしい艶めかしさだ。

見上げてゐると天の河はまたこの大地を抱かうとしておりて来ると思へる。

大きい極光のやうでもある天の河は島村の身を浸して流れて、地の果てに立つてゐるかのやうにも感じさせた。しいんと冷える寂しさでありながら、なにか艶めかしい驚きでもあつた。

天の河が島村の中に流れ、島村は掬い上げられることによって救われる。

一方、「竹の花桃の声」の書き出し部分は、竹の花桃の声のような幻聴や幻覚では年老いた主人公・宮川は救われることはないことが誌されている。

七十代の宮川には末尾に誌される「鷹」の力が必要になる。「竹の声桃の花」には現実に存在する鷹を見ることによって、「鷹の力」による救いを必要とする世界が描かれている。〝天の河〟や〝竹の声桃の花〟などのある種の幻想ではなく、〝現実〟に川端は救いを願ったのである。

川端康成『雪国』と犀星

昭和十二年六月に創元社から刊行され、第三回文芸懇話会賞を受賞した川端康成の『雪国』の帯（本に巻く宣伝用の細い紙）に、川崎長太郎、河上徹太郎と共に、犀星が執筆していたことは十数年前に知っていた。『雪国』は昭和十六年十二月の二十五刷、昭和十五年十一月六十版の二冊と復刻版（名著復刻全集　近代文学館）を所持しているが、帯は付載されていなかったので目にする機会がなかった。今回古本市で帯付きの単行本を手に入れたので（昭和十三年一月、第十六版）紹介し、その出典を明らかにしたい。箱の背には「文芸懇話会受賞作品」と誌され、箱の表に川崎長太郎、裏に室生犀星、河上徹太郎が執筆している。

川端君は珍らしくも、生きのよい小説家である。下手な詩人にならずに、ここまで行きつくことも並々ではないが、ここまで来て見れば「雪国」の諸篇をこなすことも出来るのである。いまの文壇にかかる豊かにも幸ひな、その手腕をふるふことの出来るものは川端康成君だけであらう。

室生犀星

犀星は川端について、「生きのよい小説家」「豊かにも幸ひな、その手腕」と最大限の褒め言葉を誌している。なお、「『雪国』の諸篇」とは、『雪国』には「雪国」以外に、「父母」「これを見し時」「夕映少女」「イタリアの歌」の短篇が収録されているからである。最初の『雪国』には戦後の決定版『雪国』（創元社、昭和23・12）とは異なり、末尾部分の「雪中火事」の場面は描かれてはいない。

この帯の文章は書き下ろしではなく、『雪国』刊行の翌月、七月八日（木）の「読売新聞」に執筆された、「抒情の幅の広さ　『雪国』の作者川端康成氏」の中間部分の抜粋である。単行本未収録なので、前後の文章を参考までに引用する。

川端康成氏は作家としては申分のない才気を持つてゐる。作家を花にたとへていふなら、川端康成氏は冷たい美しい花であらう。朝のくちなし、夕の山査子《さんざし》のやうである。「雪国」の詩篇は小説として行きとどいた心のすみずみをはたき出してゐるし、その抒情詩的な趣きも、手のとどくかぎり、描き出してゐる。私は身辺小説は避けて読まぬ方であるが、川端君の身辺小説はその抒情の幅の広さの点でも、鋭くも磨きのかかつた感じ方の深さの点でも、身辺小説の厭味をすつかり払ひのけてゐる。身辺小説もここまで来ればその新しい再表現の効果もあるのであらう。

………帯文………これらの諸篇が尋常の作家によつて綴られたならば鼻持のならぬものである。私は川端君の風景描写などにはただちに賛成しがたいが、それへそそぐ彼の心、精神でもいいんだが、その心なり精神なりを大切なものに見てゐる。さういふ心なり精神なりをあそこまで持ち上げてゐる作家は、ちよつと堀辰雄君の中にもそんなものがあるんだが、それとは違つた豊富さを持つてゐることを、稀らしいものに考へてゐる。（創元社発行定価一円七十銭）

川端の『雪国』を作者の心境を綴った身辺小説と考えていること、犀星がこの時期、身辺小説を「避けて読ま」ぬことなど、『雪国』の島村と川端の関係、「復讐の文学」を唱えた犀星とのつながりなど、この時期の川端、犀星文学を考える上で重要なことが含まれていると思われる。

なお、『雪国』には「名作　『雪国』に対する　諸家の批評」と題する十二ページの小冊子が編輯部編で付載されている。復刻版に原本通りに復刻されているので、手に入り易いが、帯とは対照的な文章なので引用する。

文芸春秋――川端康成氏の「萱《かや》の花」のなかにある感傷的なものに邂逅して、この作者は何か甚だ思ふことに悩んでゐるものか、この小説を何時もに似ずに啻《ただ》に傷みやすいものにしてしまつたやうに思はれた。何を思うてゐるか私は窺ひ知らないが作家が何かよそごとに心を傷めてゐる時の作品は、余りにいたいたしいものであるからである。

帯とは違って「傷みやすいもの」「何かよそごとに心を傷めてゐる時の作品」と、作品への強い批判が滲み出ている批評である。「文芸春秋」の昭和十一年十一月号に掲載された「文芸時評」の「三、書かれざる人物」の抜粋である。「萱の花」は「中央公論」(昭和11・8)に発表された、「雪国」の「五」回目にあたり、島村の雪国への三度目の訪れが描かれ、駒子との対話が中心の章である。

犀星の批判は、冒頭部分に雪国からの二度目の別れが誌され、帰りの車中での島村の心境を、「彼はすつかり安心して、別離の情の溺れるばかりだつた。」(単行本では削除)、「島村はふつと涙が出さうになつて、われながらびつくりした。それで一入、女に別れての帰りだと思つた。」など、余りに感傷的な文章が綴られているからであろう。それとともに、「萱の花」の直前に、徳永直の田舎での「その死を自選」んだ、「人生には有勝な気の毒な一老婆の身の上」を描いた「彼岸」(中央公論)を評して、心を奪われた反動でもあろう。

「片腕」と「片手」（パトリシア・ハイスミス）

「片手」（パトリシア・ハイスミス　宮脇孝雄訳）は全十七篇を収録する『女嫌いのための小品集』（河出文庫、平成5・1）の冒頭を飾り

　お嬢さんをぼくにください、と若者がいった。娘の父親は箱を一つ贈った。中に入っていたのは娘の左手だった。

と書き出される、四百字詰原稿用紙で四枚強の掌篇小説である。

この作品に描き出されるのは若者を取り巻く全ての人々の悪意であり、他者への不信である。猜疑心の為に自分の娘の手を切り落とす娘の父親はもちろん、世間の人（セールスマン、警察官、精神病院の同房者など）、そして当の娘さえ若者を助けることはない。

父親は法律に訴え娘の生活費を請求し、若者は経済的に追い詰められる。警察は若者が女房の手を切り落とし、結婚もせず同居もしないのに、配偶者にしないという理由で、精神病院に彼を閉じ込める。娘は一か月に一度妻のように面会には来るが、世間の妻のように何もいうことがない。

　だが、彼女は可愛く微笑んだ。若者が就《つ》いていた仕事のおかげで、ちょっとした年金が入っていたのである。切断された手首の跡は、防寒用の筒袖《マフ》に隠されていた。

若者は嫌悪のため娘との面会も出来ず、読む本も取り上げられ、話し相手もいない病棟に移され、発狂する。そして真の「過ち」、すなわち娘さんを下さいといったことの誤りに気づくが、他の幽閉

者もそのことを理解できず、誰とも意思を通わすことが出来なくなり、やがて狂死する。

ここには他者との繋がりが完全に断たれた若者の姿が描かれている。他者に対する絶望に満ちあふれている。それは結婚についてであり、女についてでもある。

それに対して「片手」執筆の発想のきっかけ(「片手」収録の作品集は昭和五十年に出版、「片腕」の翻訳は昭和四十四年刊行)になったであろう川端康成「片腕」(「新潮」昭和38・8～39・1)は

「片腕を一晩お貸ししてもいいわ。」と娘は言った。そして右腕を肩からはづすと、それを左手に持つて私の膝においた。


と書き出され、娘の右腕(「片手」は左手)によって「私の陰湿な孤独の部屋は消え」今までにない「あまい眠り」におちる。しかし一転して「自分のなかよりも深いところからかなしみが噴きあがつて来」て、深い孤独を感じ絶望に囚われる。

だが「片腕」が「片手」のような救いのない絶望感ではなく、一縷《いちる》の望みが湧くのは作品の末尾で、「私」が娘の片腕を抱きしめ、指を唇にくわえ、「のばした娘の爪の裏と指先きとのあひだから、女の露が出るなら……。」と期待する形で終結するからである。「女の露」が「女の悲劇の美」であっても、救われるかもしれないという望みが描かれているからである。

他に「片腕」に影響された作品には、石田衣良の「片足」「左手」(『てのひらの迷路』講談社、平成17・11)と車谷長吉の「トランジスターのお婆ァ」(『臨壺の匙』新潮社、平成4・10)がある。

川端康成『東京の人』に描かれた『千羽鶴』

『東京の人』（新潮社、昭和30・1～12、「東京の人」「続　東京の人」「続々　東京の人」「完結　東京の人」の全四冊）に描かれる医者の田部昭男と、宝石で生計を立てる中年の白井敬子、その同棲相手・島木俊三の娘・弓子の関係は、『千羽鶴』（筑摩書房、昭和27・6）の三谷菊治と太田夫人、その娘・文子を想起させる。

川端康成は文子の行方不明という『千羽鶴』（筑摩書房、昭和27・6）の末尾とは異なって、『東京の人』では、出版社社長の俊三と社員小林みね子が、東京湾の竹島桟橋から大島まで乗船するという、明るい形で終結させた。

以下、『東京の人』の中で『千羽鶴』に関わる文章（言葉）について誌すことにする。

『千羽鶴』読解に主要な役割を担うと考えられる言葉として、「奇怪」「毒・毒気」「罪」「運命」「魔性」と「あざ」が挙げられる。このうち「魔性」「毒」を除いて『東京の人』に書き込まれている。しかし、それによって、川端が『千羽鶴』と深い関わりを考えて執筆したとはいえない。なぜなら、作品の中で佐藤碧子の下書きをもとに川端が誌した場合と、川端が独自に書いた場合の判断が、明確に出来ないからである。

佐藤碧子の下書きを是認して川端が推敲した場合は、佐藤碧子と川端康成のどちらの発想によるものか、より正確に判断することが難しくなるからでもある。
だが、佐藤碧子の発想による場合でも、それを推敲したとき『千羽鶴』を想起し、川端自身が執筆する時にも何らかの影響があったと思われる。

佐藤碧子は『千羽鶴』について、「作品の完結と華やかな成功に、親しい間柄の単純なよろこびに充たされながら、『千羽鶴』の世界は、あたしから遠く離れていた。」（『瀧の音　懐旧の川端康成』東京白川書院、昭和55・12）と誌してはいても、『千羽鶴』の「絵志野」（昭和25・3、挿絵・古茂田守介）と「母の口紅」「続母の口紅」が夫・石井英之助が編集する「小説公園」（昭和25・11、12）に掲載され、弟、佐藤泰治が挿絵を描いており、佐藤碧子にとって身近なものとして、興味深く読んだと推測される。

1　あざ

『千羽鶴』の冒頭部分に「あざは左の乳房に半分かかつて、水落の方にひろがつてゐた。掌ほどの大きさである。その黒紫のあざに毛が生えるらしく、ちか子はその毛を鋏でつんでゐたのだつた。」という、ちか子の印象的な乳房のあざが描かれている。そのあざについてのちか子の思いを、菊治の母が父に代弁する場面がある。

「さうぢやなく……。お乳を呑ませる赤ん坊に見られるのがつらいといふのよ。私もそこまでは気がつかなかつたけれど、当人になつてみるといろいろ考へるもんですね。赤ちやんが生れた日から吸ひつく、目が見えはじめた日から見る、母親のお乳に醜いあざがあるわけでせう。この世の第一印象、母の第一印象が、乳房の醜いあざで――深刻にその子の一生つきまとふでせう。」

「この世の第一印象」が母の「醜いあざ」という印象的な言葉を、『東京の人』の「隣りの火事」の章で、弓子は清との会話で口にしている。

「女のひとが、赤ちゃんを産む前に、火事を見ると、あざのある赤ちゃんが、産まれるんですって……?」

（「続々　東京の人」）

と、火事を見るとあざのある赤ちゃんが産まれるという、「迷信」をめぐる会話に再現して川端が書いたとしたら、二番煎じを免れないであろう。佐藤碧子が下書きに『千羽鶴』のあざからヒントを得て、書き込んでいたと思われる。

2　罪・罪人

『東京の人』に誌される「罪」は、次のように田部昭男と弓子の会話で、「罪人」とともに用いられている。

「僕は罪人ですからね。罪人の送られる日を、しらせることはないでせう」

「いやだわ。罪人ぢやないわ。先生が罪人だなんて……。なにをなさつたの?」と言ふうちに、弓子は立ちすくんで来た。

「先生は罪人ぢやないわ。なんの罪があるの?」

「罪があるから、あなたと別れて、外国へ行くんぢやありませんか。」

（「銀座で」、『完結　東京の人』）

『千羽鶴』では十度ほど、「罪」の語を用いている。それは太田夫人と菊治、そして文子の場合であり、より複雑で深い意味合いである。

「あぁつ、悪いわ。なんて罪の深い、いけない女なんでせうねえ。」

と、夫人は円い肩をふるはせた。

「千羽鶴」……太田夫人

しかし、昨日の文子は死の素直さではなかつただらうか。

花の匂ひが菊治の罪の恐れを、ふとやはらげたことを思ひ出した。

あるひはその素直さを、母と同じやうに罪深い女とおそれたのだらうか。

「絵志野」……菊治

「二重星」……文子

また、「罪人」の言葉は菊治が中年の女の後姿を見て

「まるで罪人だ。」

と、菊治はつぶやいて、暗い顔をすることもあつた。

気がついてみると、後姿が太田夫人に似てゐるわけではない。……

菊治は瞬間、ふるへさうな渇望を感じるのだが、その同じ瞬間のうちに、あまい酔ひと恐ろしいおどろきとが重なつてゐて、犯罪の瞬間から覚めるやうであつた。

「おれを罪人にするのは、なにものだ。」

（母の口紅）

と、「罪」と「罪人」を分けて描いている。

『東京の人』に川端が書き込んだとすれば、「罪」を「罪人」に直接結びつけることはないと思われる。

3　運命

「弓子ちゃん、偶然は運命よ。運命は偶然よ。」
「…………。」
「お願ひしてよ。」と、朝子は声を高めた。

「お姉さまはここを出て行く時に、偶然は運命よ、運命は偶然よつて、言ひましたの。あたしは先生に、どこかで偶然、お会ひしないかしらと、思つてゐたんですから、ほんたうかもしれないわ。」

（「銀座で」、『完結　東京の人』）

以上のように、『東京の人』では「運命」は「偶然」と結びつけられ、昭男と弓子のパアラアでの出合いは、会いたいという弓子の強い思いが通じたということである。それに対して『千羽鶴』では

しかし、菊治にもあのあざの印象は消えないから、どこかで彼の運命とかかはりがついて来ないとは言へない。

（「千羽鶴」）

太田から太田未亡人へ、未亡人から菊治の父へ、父からちか子へ、さうして太田と菊治の父との男二人は死に、女二人はここにゐる。これだけでも奇怪な運命の茶碗だつた。

（「千羽鶴」）

太田夫人の手にあつたものが、栗本ちか子の手にあつかはれてゐる。太田夫人が死んでから、娘の文子の手に渡り、文子からまた菊治の手に渡された。

（「母の口紅」）

妙な運命のやうな水指だが、茶道具とはそんなものかもしれない。

と誌され、栗本ちか子のあざと菊治の「運命とのかかわり」（千羽鶴）、「奇怪な運命の茶碗」（千羽鶴）、

「妙な運命のような水指」（母の口紅）と、人と人との直接の関わり以外に使われることが多い。最終節の「二重星」では

文子は菊治に、比較のない絶対になつた。決定の運命になつた。

これまで菊治は文子を、太田夫人の娘と思はない時はなかつたのだが、それも今は忘れたやうだ。

と、二人が交わった後の文子と菊治について用いられていて、一見似通っているが「決定」の「運命」と誌している。そうならざるを得ないと言う意味合いを、強く表していて、『東京の人』の場合と微妙な違いがあると思われる。

4　毒気・幸福

その他、『千羽鶴』を想起させる表現として「毒気」と「幸福」があげられる。「毒気」については

「女ばかりの家の、毒気にあてられたかな」と、昭男は思ひ直して、もう一度、寝がへりすると、こんどははつきりと、誰かが廊下を歩く、足音である。

と、一冊目の『東京の人』の最終場面に近い、アメリカの劇作家テネシー・ウイリアムズの「欲望と言う名の電車」が紹介されている「女ばかりの家」の章に描かれている。

この節は川端が主に描いていると考えられる点と「仲人《なこうど》をするといふ栗本だつて、父の女ですよ。あいつは過去の毒気を吹きかける。あなたは父の最後の女だが、父も幸福だつたと、僕は思ひますよ」（「森の夕日」）という『千羽鶴』の「毒気を吹きかける」と、『東京の人』の「毒気にあてられた」と誌された近似の表現から、川端が書き込んだのではないかと推測する。

また、『東京の人』(「青い傘」、『完結　東京の人』)に描かれるもう一か所の「幸福」は、敬子と弓子の「幸福」についての長い会話が続いた後に

「人からは幸福に見えても、自分では幸福と思つてゐない人と、人からは幸福に見えなくても、自分では幸福と思つてゐる人とあるわね。みんなからも幸福に見え、自分でも幸福と思つてゐる人は、少いでせうね」

という、常識的な敬子の言葉が続いていることから、佐藤碧子の下書きにあった言葉ではないか。

5　奇怪

最後に、『千羽鶴』の世界を彩る「奇怪」について誌そう。『東京の人』でも、次のように重い言葉として用いられている。

a　「しかし現実は、僕が考えてゐたより、もつと、奇怪なことでしたよ。僕は母さんのことも、無性に悲しかつた。弓子ちやんがゐなくなればなつたで、母さんは羽根をのばせることもあつたんだね。僕はもうなにも信じない。女なんか、二度と愛すまいと、決心したんだ。」

さう言ひ切つて、清は冷たい薄笑ひを、敬子に向けた。相手を見すかして、あざけるやうな笑ひだ。

(「茶羽織」、『続　東京の人』)

清が母の敬子と、彼の信頼していた昭男の肉体関係を知った後の言葉である。それを聞いて「敬子は恐怖に似た苦痛を感じた。」とあるように、母に向かっての言葉である。

b　田部は弟と敬子のことをかぎつけて、俊三が生きてゐるなどといふつくりごとで、昭男をおびやかしたのかもしれない。知恵をしぼれば、そんな考へも出さうだ。

「まさか、あの人が生きてゐるなんて……」と、敬子は打ち消し、打ち消ししたのだが、その奇

怪な恐怖は、心にからまって、ぎりぎりとしめつけた。（「生きているのか」、『続々　東京の人』）
亡くなったと思い葬式まで出した俊三が、生きていると昭男の兄に聞いての、敬子の述懐である。この思いについて「俊三が生きてゐるということよりも、生きてゐる俊三その人が、おそろしかつた。」「俊三が生きてゐると聞いて、よろこべない自分も、おそろしかつた。」「目に見えないものに、責めつけられているやうだ。苦しみだけが心の中に舞ひ狂つてゐた。」と、「奇怪な恐怖」を感じた理由を、詳細に分析している。

c　「昭男さんも、こんどのかぜは、長かつたですわ」と、田部の妻が、やさしく言つたりすると、この人も昭男を、ひそかに愛してゐるのかと、敬子は奇怪な妄想が湧いた。（「ふしぎな自由」、『続々　東京の人』）
昭男という人間がいかに魅力があり、多くの人に愛されているかというひとつの例である。そして、「昭男の思ひ出を追ひはじめると、俊三の生死など、胸のかげへもぐりこんでしまふ。」と、俊三に比べてどんなに昭男が好きだったかを、「私の最後のだいじな人だつたわ。」という、敬子の感慨とともに誌している。

「奇怪」という言葉は、『東京の人』で自然に使われ違和感がない。佐藤碧子の下書きに書き込まれていたかどうかは詳らかではないが、川端の言葉として理解するのが自然であろう。
それは『千羽鶴』での、栗本ちか子と菊治に使われている、「奇怪」の場合と比べてみれば明らかになるだろう。

しかし、心から未亡人をゆるし、父と未亡人とのことをゆるす気持にもなれたのは、菊治が未亡人とのあひだに、なにもなくはなくなつたからであつた。奇怪なことであらうか。（「千羽鶴」）

夫人の骨の前で目をとじた今、夫人の肢体は頭に浮んで来ないのに、匂ひに酔ふやうな夫人の触感が、菊治を温かくつつんで来るのだつた。奇怪なことだが、菊治には不自然なことでもないのは、夫人のせゐでもあつた。（「絵志野」）

死んだ人がなほ夢にまで、その人の抱擁を感じさせるのが、菊治には奇怪だつた。菊治の浅い経験では、思ひがけないことだつた。（「絵志野」）

しかし、菊治はちか子の憎悪や侮辱から、文子を守ろうとつとめて見せないやうださう気がついて、自分こそ奇怪だと、菊治は思つた。

終りに自服で茶をすすつてゐるちか子も奇怪な姿だと、菊治は見た。（「母の口紅」）

『東京の人』には『千羽鶴』に描かれる「あざ」「罪人」「運命」「毒気」「幸福」「奇怪」などが使われているが、それぞれの語の回数はそう多くない。

そして、「毒気」（『東京の人』）の他は、新聞連載期間を延長して誌された、二冊目以降の『続　東京の人』『続々　東京の人』『完結　東京の人』に使われている。

このことは『千羽鶴』を想起させる言葉が、佐藤碧子の最初からの予定ではなく、『東京の人』連載中に新たに誌した下書きで、川端の代表作『千羽鶴』を意識して用いた結果ではないかと推測される。

野上彰の暗示——『川のある下町の話』解説

角川文庫『川のある下町の話』（昭和32・9）の野上彰の「解説」は、意味深長な文章で構成されている。

全四節（四百字詰原稿用紙で約十六枚半）のうち、「一」（一枚半）で解説の意味について触れ、「二」（約二枚半）は「この作品は、不思議な位置を占めています。」と書き出され、「珍しいほど早い筆でした。」と特色を誌し、発表時期の昭和二十七、八年の「日も月も」の連載、「千羽鶴」「山の音」での芸術院賞の受賞など、多忙な川端にとって『川のある下町の話』の位置づけの重要さを述べる。

「三」（十枚）では川端の「みみずくのような眼」や「見ること」の大切さ、「俗世間の目を信じる傾き」などの人柄や、国際ペン大会での「ユーモラスな口調」の開会の辞を紹介し、「急所をはずさない川端文学全般の特質を指摘する。

そして、最終節の「四」（約二枚半）で初めて作品に触れる。その内容を箇条書きにすれば、次の五点である。

1　「二」で指摘した「ふしぎな位置」とは、「信じられないほどの筆の速さ」で書いたこと。
2　作品に登場する「気の狂う美しい少女」ふさ子は、川端特有の「やはりよく見ることから生まれた」こと。
3　文体も風変わりで、省略の仕方に「不思議なニュアンス」があること。

4　大胆な飛躍と、珍しい歯切れのよさがあり、「第一回」の連載時から驚いていたこと。

5　これまで映画になることが少ないのに、「はじめから映画の原作として意識的に書かれたと感じる」ような作品であったこと。

これらの指摘は、2を除いて、これまでの川端が書いたとは思えない異色の作品ということである。川端康成の『川のある下町の話』は佐藤碧子が下書きを書き、それをもとに川端が加筆、削除などの推敲を加えて発表した長篇小説である。「婦人画報」（昭和28・1、新春号〜12）に連載され、翌年一月に新潮社から刊行された。角川文庫が最初の文庫本であり、その「解説」が野上彰であった。

野上彰が川端とは別の執筆者の存在をそれとなく示すような「解説」を誌したのは、作品の舞台が佐藤碧子の住まいのあった目蒲線の西小山駅周辺であり、その地に何度か野上自身が住んでいて土地勘もあり、同じ川端の弟子（？）として交遊もあったからである。

『野上彰詩集　幼き歌』（アポロン社、昭和43・7）所収の「野上彰年譜」、ならびに「野上彰年譜」（「野上彰展〜川端康成との風景〜」徳島県立文学書道館、平成21・8）と、大石征也・亀本美砂「詩人・野上彰の形成と発展―川端康成書簡に見る戦中・戦後」（「水脈　徳島県立文学書道館　研究紀要」第九号〜十二号、平成22・3〜26・3）を参考に誌せば、昭和二十四年に品川区小山6―458の二階に間借り（「目蒲線の西小山で降りて駅前のトモエ屋という乾物店でお聞き下さるとすぐ分ります。家まで歩いて五分です。」昭和25・8・25、川端あて書簡）、昭和二十六年、品川区荏原2―243の建売住宅を買い入居（二月十九日付け、川端あて書簡がある）、昭和二十七年春（？）売却（一年後に、荏原からの川端あて昭和28・5・12付け葉書、5・20付け封書がある）、軽井沢、東京三鷹下連雀（井の頭公園近く）の借家を経て、二十九年四月には佐藤碧子の隣家（目黒区原町１２３７）に転居して、再び西小山周辺で生活。昭和31年に港区赤坂青山南町に転居。

佐藤碧子は「隣家に詩人野上彰氏の一家入居。……皆家《うち》の前に勢揃いして幼稚園に行く。……野上さんは子煩悩である。午後からピアノの音。テレビが台所の小窓から見える位置に置かれている。」(『瀧の音　懐旧の川端康成』東京白川書院、昭和55・12)と、日記を引用して、両家の子供達の交流を誌している。

佐藤碧子と同じように、川端の翻訳などの代筆や下書きなどを誌した隣同士の野上彰は、『川のある下町の話』について、たとえば家の前を流れる立会川など、直接話したことがあったかもしれない。

『川のある下町の話』が川端のそれ以前の作品とは異質であり、川端のみの執筆ではないことを読者にそれとなく示したのが、角川文庫の野上彰の「解説」であった。

矢崎泰久の「盗作と代作」に触れて

――川端康成『東京の人』

『東京の人』は佐藤碧子の下書きをもとに、川端康成が大幅に補足、推敲を加えながら完成させた戦後の長編小説である。

『東京の人』に佐藤碧子が関わっていることについては、矢崎泰久が「盗作と代作」（『口きかんわが心の菊池寛』飛鳥新社、平成15・4）で、『東京の人』に触れながら佐藤碧子の代作と誌しているが、その記述には誤りが散見する。

これは後年の話だが、昭和二十八年（一九五三）に佐藤は目黒区西小山に住んでいて、毎日早朝に朝日新聞のオートバイが原稿を取りにくる。それを鎌倉の川端の元へ届ける。翌々日の朝刊には挿絵が入った新聞小説が掲載されるという寸法だった。『東京の人』は駆け落ちして叔母の家に身を寄せていた矢崎泰久夫婦がモデルだったから、日々の営みがそのまま小説に出てくる。

1　昭和二十八年、「毎日早朝」朝日新聞がオートバイで原稿をとりに来た……『東京の人』は「昭和二十八年」ではなく「昭和二十九年に」、また「朝日新聞」ではなく、昭和二十九年五月二十日から昭和三十年十月十日まで「北海道新聞」「中部日本新聞」「西日本新聞」の「三社連合」の連載である。

2　駆け落ちした矢崎泰久夫婦がモデル

……駆落ちが描かれているのは『東京の人』ではなく、さかえと学生・有田の登場する『女であること』(「朝日新聞」昭和31・3・16〜)である。

「朝日新聞」「駆け落ち」によって、矢崎の記憶している作品が『東京の人』ではなく、『女であること』が明らかになる。

ちなみに、佐藤碧子が「目黒区西小山に住んでい」たとあるのも、正しくは「目黒区原町」、西小山は東急目蒲線の西小山駅周辺の地域。昭和二十六年三月末に駅から三百メートル程の原町にある建売住宅に、佐藤碧子は神奈川県の片瀬から引っ越してきた。

3　また、引用文の直前には、「後年、遅筆だった川端康成は、何人もの代作者をかかえていた。佐藤碧子や梶山季之は川端の新聞小説を二人でほとんど執筆している。佐藤の著書『人間・菊池寛』(新潮社)と『瀧の音』(東京白川書院)にはその経緯が明らかにされている。」と誌されているが、これも誤りである。

a　佐藤碧子と梶山季之が新聞小説をほとんど執筆

……戦後に発表した川端の新聞小説は、『舞姫』(「朝日新聞」昭和25・12・12〜26・3・31)『東京の人』『女であること』『古都』(「朝日新聞」昭和36・10・8〜37・1・23)の四編であり、その中で現在まで、梶山の執筆した作品として、具体的に紹介されたことはない。

b　『人間・菊池寛』『瀧の音』に経緯が明らかにされている

……『瀧の音』で佐藤碧子が川端の仕事を手伝ったと誌しているのは、『女であること』と『万葉姉妹』の二編のみである。ただし、『女であること』には具体的な内容が垣間見られるが、『万葉姉妹』は「終戦後に手伝った少女小説『万葉姉妹』」とあるだけで、「経緯」については誌していない。また『人間・菊池寛』では、菊池寛の仕事を手伝ったことには触れているが、川端作品の下書きには何も触れていない。

以上、佐藤碧子自身が『瀧の音』で明記する『女であること』ではなく、矢崎が代作として『東京の人』をあえて挙げているのは、単なる記憶違いか意識してかは詳らかではないが、誤りであることは明白である。

二冊の『朝雲』

同じ本を複数所蔵することのない書棚に、なぜか『朝雲』が四冊並んでいる。川端の『朝雲』には、昭和二十年と二十一年に出版された二種類があり、最初のものが一冊、二番目のが三冊である。

平成九年発表の「ざくろ―〝秘密のよろこび〟と〝おそろしさ〟」（掌の小説）論に、二番目の『朝雲』の構成について誌していているので、買い求めたのは、十八年程前のことか。

一冊には五千円という高価な値段が鉛筆で書かれており、近くの古本屋で必要に迫られ求めたのである。

それに比べて、他の二冊は余りの安さに手にしたのである。そのうちの一冊は、古本市で三百円で求めたように思う。

敗戦直後の十月に刊行された、最初の『朝雲』は長い間眼にする機会がなかったが、二年ほど前に手に入れた。

川端康成の戦後初の作品集は、昭和二十年十月二十五日刊行の『朝雲』（新潮社）である。目次なしの本文一三六頁と奥付、定価一円八十銭、薄い黄緑色の表紙で見返しのない紙装本である。

「朝雲」（「新文苑」昭和16・2）「故人の園」（「大陸」昭和14・2）「冬の曲」（「文芸」昭和20・4）「十七歳」「わかめ」「小切」（以上「文芸春秋」昭和19・7）「父の名」（「文芸」昭和18・2、3）「寒風」（「日本評論」昭和16・1、「改造」昭和16・2、17・4）の八篇が収録されている。

同月十五日に短篇集『愛する人達』（新潮社）が出版されているが、それは昭和十六年十二月刊行の『愛する人達』の改装版である。

『朝雲』について「新潮」十一月号に、島木健作の遺作集『出発まで』とともに「近刊予告」が、次のように記されている。

▲朝雲　川端康成
久し振りの川端康成自選短編小説集である。一作毎に文字通り骨身を削る氏の小説集であつてみれば、収録各篇珠玉の連環と称するまでもなく、貴重なる一本であることは言を俟《ま》つまい。
十二月下旬発売　価四・〇〇
新潮社刊

発行日の二ヶ月ほどの早まり、予定の二分の一ほどの廉価な定価など、敗戦直後の読者の需要にこたえる出版社の意向が強く働き、川端の満足のいくものではなかったのではと想像させる。

それは半年後の翌年四月に、掌の小説「ざくろ」「挿話」（後、「五拾銭銀貨」に改題）の二篇を加えて、黄成り色（黄みのある白色）の表紙、見返し、目次の付いた同名の『朝雲』が刊行されているからである。

「朝雲」「わかめ」「父の名」「十七歳」「冬の曲」「小切」「故人の園」「ざくろ」（「新潮」昭和18・5）「寒風」「挿話」（「新潮」昭和21・2）の順に、十篇が収録されている。

「わかめ」「十七歳」「小切」「ざくろ」「挿話」は掌の小説であり、短篇小説と掌篇小説が交互に並ぶ、川端の創意工夫が感じられる作品集である。

「近刊予告」にある「各篇珠玉の連環」が滲み出る構成であり、川端自身も今度は満足したのではないか。

〝手帳〟の誤解——梶井と川端の一挿話

梶井基次郎全集には川端康成の妻、秀子宛書簡が三通掲載されている。その中の一通に次のような文章がある。（昭和二年十一月七日付、伊豆湯ヶ島の湯川屋より、熱海温泉小沢の鳥尾別荘内宛。）

京都へ最近参りました折は一週間程近藤氏と一緒でした。滝へ案内していただいた時のことなどを話し合ひました。近藤氏は精神科の医者ですが、やはり一人のお医者さんが近藤氏のところへ遊びに来てゐての話に、—この人は川端さんのものを注意して読んでゐる人なのですが、—手帳に書いてあつた鹿の話をして、どうも小説家といふものは変つたことをするもんだななど云つてゐて面白かつたです。

京都の医科を卒業した近藤直人は梶井の古くからの友人で、近況はもちろん自分自身の作品や病状について多くの便りを送っている。（全集には編者・淀野隆三の八十二通に続く、七十六通が収録されている。）

この手紙にある鹿の話が「手帳に書いてあった」という「手帳」について、淀野隆三編（筑摩書房、昭和41）ならびに鈴木貞美編（平成11、12、筑摩書房）の梶井基次郎全集の注には、「雑誌『手帖』のこと。」と誌されている。また雑誌「手帖」については書簡（昭和二年三月二十一日付、北川冬彦宛）の注（鈴木編）で「昭和二年三月—十一月。全九冊。『文芸時代』の廃刊に伴い計画されたもので寄稿者が一人一頁を自由に執筆。発行所は文芸春秋社。」と説明している。なお、「文芸時代」の最終号は昭和二年五月号である。

川端が雑誌「手帳」に発表した文章は、伊豆湯ヶ島の生活を描いた「秋より冬へ」（三月号）、四月五日から九日までの記録「上京記」（五月号）、囲碁について誌した「圍棊」（八月号）の三編の随筆と、「修善寺湯ケ島湯ケ野蓮台寺踊子を慕ひ慕ひ旅せし」を含む八首の短歌を収めた「遥か昔」（六月号）であり、鹿の話について誌した文章はない。

「手帳」は雑誌名ではなく、普通の手帳のことである。雑誌の存在を知っていることと、川端のものを注意して読んでいるという、梶井の直前の文章に影響された誤解であろう。

なお、梶井は前出の北川宛書簡で、雑誌名については「『手帖』で横光氏が君のことを…」と「手帖」と誌している。

鹿の「変つたこと」が描かれているのは、「サンデー毎日」夏期特別号（昭和2・6・15）に発表された、単行本未収録の短篇小説「鹿と産婆」である。

小説家で主人公の「彼」が伊豆で百姓から鹿を買い、「鹿を連れて銀座を散歩しよう。」と思い描く場面がある。犬ではなく鹿とそれも銀座でとは、近藤氏の友人がそれを事実のように思い、特別に「変つたこと」と感じて、手帳にメモを取るのも無理はないと思われる、作家の突飛な空想である。

その話を聞いた梶井が面白がるのもうなずけよう。ただし、秀子夫人が「鹿と産婆」を読んでいたかどうかは明らかではないので、梶井の〝面白さ〟が通じたかどうかは詳らかではない。

また、書簡中の川端夫人に案内された滝は、天城街道沿いにある浄簾の滝であり、それによって「血痰が出だし」「あんな一里半程の歩行が有害だとすると僕が貯めてゐた精力や身体に感じてゐた元気も実にまだ幼芽のやうに貧弱なものだつたのだ」（昭和2・4・11、淀野隆三宛）と感じる事になる。

昭和二年三月末のことである。

未完の『みづうみ』

——川端康成の対談

最近、『みづうみ』と掌の小説の関わりについて誌す必要があり、手持ちの単行本所収の「みづうみ」論のすべてと、若干の雑誌発表分を読む機会を持った。

川端は作品を未完とし、雑誌掲載の末尾部分を削除して刊行したが、その際どのようなまとまりをつけたのか、この後に加筆するとすればどのような内容を意図していたかに興味を持った。

その際、「川端康成氏に聞く……聞く人　武田勝彦」（「国文学」昭和45・2）に目を通すと、冒頭部分で翻訳に触れ、川端は「『みづうみ』を、ピリエリモさんが翻訳したいといっているんですが、わたしがためらうのは、未完だということで、あと半分ぐらい書かなくちゃといっているんですけどね。ピリエリモさんは、あれだけでいいのじゃないかと、翻訳してもね。」と、あと「半分ぐらい書かなく」てはと答えているのを眼にした。

諸家の論には触れられていなかった、現在と同じ量の文章をと考えていたことは、続篇に銀平と宮子の「魔界の住人」同志の物語が予測され、『みづうみ』論を用意している人には、大切なことではなかろうか。

また、『千羽鶴』についても筆者は、「波千鳥」を含まない形を良しと考えていたが、「わたしはあれ書きっぱなしで読んでないんですけどね。どういうことになってますか……。心中さすのもおかしいですからね。『千羽鶴』だけで切っておいたほうがいいのでしょう。」「『波千鳥』なんかも入れないほうがいいんですけど、ただ参考のために入れてあるようなもんです。」と、明確に『千羽鶴』と「波千鳥」の関係について自作自解していて、筆者の意を強くした。

その他、題名について、次のように作者自身の読みが語られ参考になる。

「犠牲の花嫁」……犠牲（いけにえ）のほうがいいですね。

『女性開眼』……眼（げん）のほうがほんとうでしょうけど、今なら眼（がん）でしょうか。」

「父母への手紙」……わたしの使い方からいえば父母（ちちはは）。

「生命の樹」……「生命（いのち）の樹」でしょうね。

過ぎし日に読んでいたであろうが、川端文学読解の一助になる対談であった。

数えと満――川端康成の十六歳

川端康成論を読みながら気になることがある。川端の家族の死に関わる年齢であり、それが「十六歳の日記」の読解にもつながるからである。

下記に家族の死去時の、川端の「数え」「満」の正確な年齢を誌す。

		数え	満
誕生	明治32年6月14日	1歳……	0歳
父、死去	34・1・17	3	1
母、死去	35・1・10	4	2
祖母、死去	39・9・9	8	7
姉、死去	42・7・26	11	10
祖父、死去	大正3・5・25	16	14

特に幼・少年期に特色のある作家・作品以外は一、二歳の違いはそれ程気にする必要はないと思うが、処女作の一つに「十六歳の日記」がある川端にとっては、無視することが出来ないことであろう。

「十六歳の日記」の初出は、「十七歳の日記」（「文芸春秋」大正十四年八月号）「続十七歳の日記」（同、九月号）であったが、『伊豆の踊子』（金星堂、昭和２・３）収録の際に「十六歳の日記」に改題された。

作者が作品集を編むときに年齢の誤記に気づいて、実年齢に合わせたからであろう。

「十六歳の日記」の十六歳は数へ年で、満では十四歳である。その十六歳、大正三年（一九一四年）五月の日記を、ほとんどそのまま書き写して、大正十四年（一九二五年）に発表した。

と、『伊豆の踊子・温泉宿』あとがき（岩波文庫、昭和27・2）で川端が誌すように、「ほとんどそのまま書き写して」作品化しているからである。

近年、祖父の死を川端十五歳の時と記述するものが目立つ。年譜の記載を参照して、数えと満の区別をすることなく、そのまま年齢を誌したのであろうが、十五歳では作者の意に反して、作品「十六歳の日記」の虚構が際立つことになる。

作者が破棄したという原日記の前後の日記（『川端康成全集　補巻一』新潮社、昭和59・4収録の「大正五年　当用日記」）を見れば、「十六歳の日記」がほぼ、原文通りに書き上げられた作品であることは明らかだろう。

祖父の死は十五歳ではなく、満十四歳、数え十六歳である。後に川端は、戦後の満年齢化（「年齢のとなえ方に関する法律」昭和24・5・24成立、翌年、一月一日施行）にあわせて「十六歳（十四歳）の日記」と、数えと満を明確にして改題することになる。（『川端康成短篇全集』講談社、昭和39・2）

ハンガリー語訳「冬来り」

大学院生のガーシュパールさんが、「川端康成学会」（平成27・6・20）でハンガリーの日本文学の翻訳作品について、興味深い発表をされた。戦前に最初の短編小説集として、エリセーエフとテイン編の『現代日本のデカメロン（十話物語）』が昭和十二年に刊行され、芥川龍之介「袈裟と盛遠」や谷崎潤一郎「刺青」とともに、川端の「冬来たり」が収録されていることを示された。全集（35巻）の「翻訳書目録」にある「冬近し」（掌の小説）が誤りであり、「温泉宿」の「C冬来り」であることも述べられた。

「冬来り」の初出は「近代生活」（昭和5・3）に、「温泉場二人のこと」の題で発表され、短篇集『花ある写真』（新潮社、昭和5・10）の「温泉宿」に収録されている。

なぜ、作品の全部ではなく三節のみが翻訳されたかについては示されなかったが、筆者にはある思いがある。

十数年ほど前に、「掌の小説」について思いを馳せているとき、「著書目録」（全集35巻）に『11日本小説集　第七集（文芸家協会編）』（新潮社、昭和6・7）所収「冬来り（78～80頁）」を見出だし、近代文学館で『日本小説集』を確認し全集未収録文ではなく、「温泉宿」であったことを記憶しているからである。川端作品を各年の代表作を収録した『日本小説集』から選んだことは、十分に考えられることではないかと考えている。

「処女作の祟り」の祟り

川端康成の「処女作の祟り」論を脱稿した時、ようやくと思った。

最初は順調であった。この作品によって、新潮文庫収録の「掌の小説」百二十二篇すべての作品論が完結する、一つの中仕切りという思いで向かっていた。というのは文庫に収録されていない作品が五十篇ほどあり、そのうち十篇ほどは論じているので、まだ四十篇ほどが残っているからである。

「処女作の祟り」（「文芸春秋」昭和2・5）は作者の伝記的事実と近似のことが多く含まれ、それを無視して論を進めようとは考えていなかった。それで、後回しになり末尾を飾ることになった。

「独影自命――作品自解」の川端自身が誌す作品との関わり、そして長谷川泉の詳細な注釈があるので（『日本近代文学大系42　川端康成・横光利一集』角川書店、昭和47・7）書き難かったというのが実情である。

何とか作者自身の当時の思いや状況が表れている日記などを要約して、四百字詰原稿用紙に換算して十五枚ほどに達し、いよいよこれからという時である。

常時使用しているワープロのフロッピーが壊れ、今までの文章が再現出来なくなってしまったのである。残されたのは別のフロッピーにあった、半分弱であった。

それから何度か、気落ちしながら続けようとしたが、なかなか進まない。

「六冊目の川端康成『掌の小説』論出版を目指して、現在、『処女作の祟り』論を執筆中。新潮文庫収録の全一二二篇は完結。」と近況報告を誌してから、一年ほども過ぎただろうか。

これではと、改めて『掌の小説』論をまとめようとしたのは、今年の六月ごろであった。何とか目途が立ち、二十枚ほどで「処女作の祟り」論をまとめることが出来たのは、一二ヶ月後の暑い盛りであった。

川端が『千羽鶴』の執筆ノートを盗まれ、完結出来なくなってしまったことを、そして「処女作の祟り」末尾の
　僕の筆は自分ばかりでなく他人の運命までも支配する魔力を持つてゐるのだから。

という文章を思い出しながら、安堵しているのが現状である。

川端康成『掌の小説』論――「雪」「夏の靴」その他』が刊行されるのは、平成二十八年早々の予定である。

挿話「雨傘」——『掌の小説』論の刊行に寄せて

三月に『「掌の小説」論—「雪」「夏の靴」その他』(龍書房)を刊行した。六冊目の『掌の小説』論で、新潮文庫『掌の小説』所収の一二二篇すべての作品論が完結する、一応の区切りの著作である。最初の『「掌の小説」論—「心中」その他』が平成九年なので、丁度二十年目に当たる。

この著作集にどのくらいの読者が存在するかは不明であるが、一つの記念に時々思い出す、読み手に関わる二つの挿話を誌しておきたい。

どちらも三冊目の『「掌の小説」論—「雨傘」その他』(平成19)を刊行した時のことである。

一つは地方に住む女性のAさん(四十代?)からの便り。東京の読書会で求めてくれた、三冊のうちの一冊を改めて欲しいとのこと。

なぜなら、自宅に戻るため、東京駅の新幹線の待合室にいた時、見知らぬ人に売ってしまって手元にないとのことである。

著者からその日に購入した『「掌の小説」論』に目を通していると、隣に座っていた中年の男性が話しかけてきて、是非譲って下さいとのことである。

その人は高校の教員をしていて、勤務先の新潟に戻る途中、実家は岐阜、川端の婚約者・伊藤初代の養女先の地である。

そのままAさんは東北新幹線に乗ってしまったので、その人のことはそれ以上判らないとのこと。

もうひとつは、年下の教員で研究者のB氏とのこと。隔月に開かれる研究会が終わって、一度だけ二人で呑んだ時のことである。

場所は乗換え駅近くのビルにある大衆店（チェーン店）。文学の話をしながら、突然、Bさんは筆者の本に触れて、掌の小説の一篇「雨傘」論を読みながら、涙が出て仕方がなかったと告げたのである。

川端の作品そのものにも大きく関わっているにしても、筆者の論にそのような力があるとは……。どの部分に感情を動かされたのかは聞くことはなかったけれども、それはあまりにも想像外のことであった。

見知らぬ人の突然の購入による新しい読者の誕生、小説ではなく論を読んでの涙、作品と作品論に強いつながりを感じる筆者には、どちらもいつまでも忘れることのできない出来事であった。

『掌の小説』の初出誌紙

『掌の小説』一二二篇を収録する『川端康成全集　第一巻』（新潮社、昭和56・10）には、「朝の爪」「夫人の探偵」「貧者の恋人」「笑はぬ男」「士族」「白粉とガソリン」「縛られた夫」の七篇を発表誌紙未詳作品、「弱き器」「火に行く彼女」「鋸と出産」「時計」「指環」「夜店の微笑」「三等待合室」「雪隠成仏」の八篇を、著者（川端康成）の「手控」に発表誌紙が記されているが未見と、「解題」が付せられている。

以上の作品のうち、現在も未詳の作品は「士族」「白粉とガソリン」「縛られた夫」の三篇である。なお、「士族」（『僕の標本室』新潮社、昭和5・4）は「（昭和三年六月）」、『浅草紅団』（先進社、昭和5・12）に収録された「白粉とガソリン」は「（一九三〇・四）」、「縛られた夫」は「（一九三〇・一〇）」と執筆年月が文末に記されている。

現在までに明らかになった発表誌紙は、次の通りである。

1　「朝の爪」　「都新聞」大正15・9・3

2　「貧者の恋人」　「東京朝日新聞」昭和2・5・5

「新発掘作品　名月の病　妻競」の「解説」深澤晴美（「新潮」平成30・4）

3　「夫人の探偵」　「東京日日新聞」昭和2・5・10

全集未収録作品「父」の「解題」深澤晴美（「文学」平成4・第2号、岩波書店）

森晴雄「夫人の探偵―花々の誘い」（川端康成『掌の小説』論―「雨傘」その他』龍書房、平成3・5）

4　「笑はぬ男」　「アサヒグラフ」昭和2・9・14
石川偉子

掲載誌が確認された作品は次の通りである。

5　「弱き器」「火に行く彼女」「鋸と出産」初出「夢四年」　「現代文芸」大正13・9
曽根博義「川端康成『夢四年』の初出稿」（「CABIN」平成16・3）

6　「時計」「指環」初出「指環と時計」　「文壇」大正13・11（全集「解題」の10月は誤り）
森晴雄「時計」論―虚栄（「川端康成研究　第十三号」、昭和54・11）

7　「夜店の微笑」「文芸評論」創刊号（昭和2・10）
近代文学館所蔵

8　「三等待合室」「1928」（昭和3・7）
藤本寿彦「文芸同人誌『1928』第五号細目―川端康成『三等待合室』初出稿などをめぐって」（「始更　5」平成19・1）

9　「雪隠成仏」「没落時代」創刊号（昭和4・4）
復刻版『近代文芸雑誌稀少十誌』（雄松堂出版、平成19・2）

「弱き器」「火に行く彼女」「鋸と出産」の初出について

これまで未確認であった掌の小説「弱き器」「火に行く彼女」「鋸と出産」の初出誌「現代文藝」（大正13年9月号）が、曽根博義によって確認された。（詳細は同氏の「CABIN」二〇〇四年三月号掲載の「川端康成『夢四年』の初出稿」を参照）。

三作の初出「夢四年」は「1」～「4」の全四節で構成され、「四年間の日記から一年に一つづつ夢を四つ書き抜いてみる。」と書き出された一篇の小説。

「1」が定稿の「弱き器」、「2」が「火に行く彼女」にほぼ全文生かされ、「4」は大幅に改稿されて「鋸と出産」としてまとめられ、題名が付されて、『感情装飾』（金星堂 大正15・6）に収録された。なお、「3」は狂犬の話で全集未収録。

これらの初出について触れた論文に、福田淳子「川端康成全集未収録作品『夢四年』論―「夢四年」から「弱き器」「火に行く彼女」「鋸と出産」へ」（「学苑」七六四号 平成16・5）、ならびに森晴雄「川端康成『鋸と出産』論―爽やかな喜び」（「解釈」平成16・7、8）、「川端康成『弱き器』論―堀辰雄『鼠』に触れつつ」（「群系」平成15・10）などがある。

お知らせ――「夫人の探偵」について

従来発表紙・誌が未詳であった、掌の小説「夫人の探偵」が「東京日日新聞」の昭和二年五月十日に発表されたことを確認しました。連載小説の三上於菟吉「炎の空」の休載に変わるものです。校正をすることができなかったためか、夫人の夫である安藤さんを「和田氏」「濱田」と誌す二度の誤植があります。

掌の小説　私のベスト3

1　心中　2　雪　3　手紙

川畑文学の核であり、到達点でもある掌の小説は、いつまでも味わい深い作品群である。

上林暁「天草土産」の成立

――川端康成「伊豆の踊子」に触れつつ

上林暁の「天草土産」は「新潮」の昭和八年十一月号に発表され、第四創作集の『野』（河出書房、昭和15・10）に収録された。その「あとがき」に「『天草土産』と『在りし日』は、昭和八年の作品である。現在の自分が苦渋なるにつけ、過去を慕ふのは、最近の私の作品のモチーフとなつてゐる。これらの古い作品を最近の作品の間に挟んだのも、この作品集の、編輯上にも、そのモチーフを生かさんと欲してのことである。」と誌している。

他の収録作品についても「『換気筒の影』や『寒鮒』『散歩者』など短いものにも、この数年に書いたものには、哀れがつきまとつて離れない。」とあり、悲観的な作品群とは対照的な作品によって、作品集を際ださせようとしたのである。前年発病した妻繁子が再入院したのが、この年（昭和十五年）の四月であることも大きく影響していよう。

この「天草土産」には作者による詳細な「自作自解『天草土産』」（「春夏秋冬」昭和35・8）が存在する。その要点を列挙すれば次のとおりである。

1　「天草土産」は「伊豆の踊子」の全くの模倣

2　「伊豆の踊子」の映画を見て「伊豆の踊子」のやうな作品を書いてみたいと憧れて、高等学校の時代の天草旅行に取材することを思い立つた（注　昭和八年に五所平之助監督によって映画化

された）

3　「大正十二年の秋、五高三年の時」に天草旅行をして「天草の風物をノートした。」

4　私は一人で天草を旅行した。

5　少女のモデルについて

a　「私の中学時代の同級生で、熊本の高工に行つてゐた友人の下宿してゐたのがおはぎやで、そこに琵琶を弾く娘がゐた」
（小説「坪井立町の八百屋」昭和39・1「新潮」に詳しい）

b　「もう一人、私と同じ下宿に下宿してゐた女学校一年生の少女もモデルになつてゐる。」
（「梧桐の家」昭和27・7「新潮」）や「卒業期」昭和50・5「新潮」に描かれている）

c　「天草へ渡る汽船の中で琵琶を語るところはおはぎやの娘で、あとは下宿にゐた女学生を頭において書いた」

6　「私はこの作品の不出来なのを恥ぢて、自分の創作集に入れるのも憚つてゐたが、昭和十五年に河出書房から『野』といふ創作集を出すに際し、腰を据ゑて手を加へる気になつた。」

7　天草に適当な印刷所があれば、天草でこの作品を出版してみたいといふ夢があった。
（同じことは「白い屋形船」昭和38・8「新潮」にも語られている）

この自作自解によって「天草土産」の主要な問題点が

A　「伊豆の踊子」との関わり

B　事実と創作

C　初出と定稿の本文の相違であることが確認される。

以下、この三点を中心に誌してみる。

なお、天草旅行を思い立ったきっかけについては「……まん中の部屋には、県庁の水産技師をしてゐた村井英雄といふ人がゐた。まだ独身で、鼻の下に口髭を蓄へ、額の髪をチックで立てた人だつた。しよつちゆう天草牛深の水産試験場へ出張して、長滞在して来た。私が天草へ旅行したのは、村井さんが度々天草へ行つてゐたことから思ひついたことだつたやうに思ふ。私は富岡まで行つて、牛深へも足を延ばしたかつたけれど、行けなかつた。」(「上林町の下宿」昭和35・4「日本談義」)と回想している。

「伊豆の踊子」の影響

最初に川端康成の「伊豆の踊子」(「文芸時代」大正15・1、2 後、作品集『伊豆の踊子』金星堂、昭和2・3)からの影響について誌す。

例えば河盛好藏は「解説」(『日本文学全集 33』新潮社、昭和38・10)で「『天草土産』(昭和八)は作者が大正十二年九月、二十一歳の熊本第五高等学校の学生だった頃、天草島に遊んだときの追憶にもとづいて書かれた作品である。川端康成氏の「伊豆の踊子」にもくらべられる好ましい牧歌的小説である。」と、また、伊藤整も「解説」(『聖ヨハネ病院にて』新潮文庫 昭和24・8)で、「そこには五高の生徒であつた作者の姿がほの見え、青春の歌がその行間から漏れてゐる。さりげなく、素直に書かれた抒情的散文で川端さんの『伊豆の踊子』を思はせるリリシズムが漂つてゐる。」と述べるように、一読すれば「伊豆の踊子」からの影響は明らかだが、ここでは具体的に両作品の関わりについて、「天草土産」に即しながら誌してみる。(「1」~「5」は「天草土産」の、(一)~(七)は「伊豆の踊子」の節)

「1」

a　「天草土産」の主人公の「森」と、「伊豆の踊子」の「私」はどちらも高等学校生。

b　副主人公の「三重」は高等一年の十四の小娘、「薫」は十四の踊子でどちらも十四歳。

c　「森」は天草島を見て「ロマンチックなものが腹の底からもくもくと盛り上つて来る。」。「私」も初めて踊子一行を見て「旅情が自分の身についたと思つた。」（一）とあるように、「ロマンチックなもの」と「旅情」の類似な情感。

d　宿泊場所が「金桁《かなけた》鉱泉場」と、湯ヶ島・湯ヶ野の温泉でどちらも温泉。

「2」

a　「森と三重」が二人で旅館の浴槽に入る場面は、「私」（「伊豆の踊子」）が、川向うの共同湯の踊子の裸を見る場面（三）に対応する。「三重」については「森が、薬学専門学校の校長の署名した効能書の板を見上げてゐると、三重は一散に、浴槽のそばまで駈けて来た。」（初出では、「裸の白い塊となつて……駈けてきた。」と、より「伊豆の踊子」の影響が強い）と、「伊豆の踊子」の「薫」は「突然裸の女が走り出してきたかと思ふと、……。若桐のやうに足のよく伸びた白い裸身」と誌されている。

b　「三重」を「おふくろは将来、琵琶のお師匠さん」にしようと思っている、「薫」も三味線を弾く踊子。

c　海岸に散歩に出て「『もうかへろうよ。』／三重が淋しさうに小声で言つた。そして淋しさに堪へられないやうに、森の方へ肩を凭せて来た。／森たちは、そこにさうして暫く立つてゐた。／その間、彼の眼は、遠く三角形に聳えた山の下に、三角の港の灯がきらきら輝いてゐるのを見詰めてゐた。」という、「三重」の淋しさと「森」の凝視は、「伊豆の踊子」の「私」が、料理屋の宴席の方を見ながら「私は眼を光らせた。この静けさが何であるかを闇を通して見ようとした。踊子の今夜が汚れるのであらうかと悩ましかつた。（二）と、「私」が一人で活動に行って宿に帰り、「窓敷居に肘を突いて、いつまでも夜の町を眺めてゐた。暗い町だつた。遠くから絶えず微かに太鼓の音が聞えて来るやうな気がした。わけもなく涙がぽたぽた落ちた。」（六）という、淋しさと凝視に関わる。

「3」

a　旅館で「病気湯治をしてゐた老婆の咳」は、「伊豆の踊子」の茶店の中風の爺さんに対応する。（一）

b　船上で「三重と森」はトランプのツウ・テン・ジャックを、「私」と踊子は旅館で五目並べをする。

c　「三重」は「琵琶の本を拡げて『扇の的』を歌」う。「薫」は三味線の稽古のとき、変声期なので、声を出してはいけないとおふくろから注意される。（四）

「4」

「『また冬休みにいらつしやいね。』／『天草の冬は淋しくてつまらないだらう。』／『そんなこと言ふもんぢやないわよ。』／女が森の膝を抓つた。」と言う、「森」と宿の女中が海辺で二人きりになり、誘われた時の会話は、「伊豆の踊子」の「『学生さんが沢山泳ぎに来るね。』と、踊子が連れの女に言つた。／『夏でせう。』と、私が振り向くと、踊子はどぎまぎして、／『冬でも……。』と、小声で答へたやうに思はれた。／『冬でも？』」（二）という冬の季節と、「私はいつの間にか大島の彼等の家へ行くことにきまつてしまつてゐた。」（四）ならびに、（六）の「『それぢや冬休みには皆で船まで迎へに行きますよ。日を報せて下さいましね。お待ちして居りますよ。宿屋へなんぞいらしちや厭ですよ、船まで迎へに行きますよ。』」という、踊子たちに誘われたことと重なる。ただし、「森」の方は誘いを断っている。

「5」

a　「女中たちは、「浅田屋」と書いた硝子戸のそばに立つて見送つた。一町くらゐ行つて、うしろを振りかえると、昨夜の女中だけ一人残つてゐて、ハンカチを振つた。森は帽子を脱いで、振つた。それでもなほ足らずに、「さやうなら」と大きく叫んだ。女の「さやうなら」といふ声がかへつて来た。三重は振り向きもしなかつた。」という、「森」と「三重」が富岡の宿を立った時の場面は、「伊豆の踊子」の「私」と踊子の有名な別れの場面の「はしけはひどく揺れた。踊子はやはり唇をきつと閉じたまま一方を見つめてゐた。私が縄梯子に捉まらうとして振り返つた時、さよならを言はうとしたが、それも止して、もう一ぺんただうなづいて見せた。はしけが帰つて行つた。栄吉はさつき私がやつたばかりの鳥打帽をしきりに振つてゐた。ずつと遠ざかつてから踊子が白いものを振り始めた。」（七）を、想起させる。

b　最終場面の「大門の汽船待合室」で、「一眠りしようと思つて、詩集をぽたりと取り落し、ふと三重の顔を見ると、実に健やかな鼾を立ててゐて、顔の表情には、一点の翳も曇りもなかつた。森は唇をそつと三重の頬へ押しつけた。」と、三重の嫉妬や不安が消えているのに対して、「伊豆の踊子」でも汽船の「船室」で、「泣いてゐるのを見られても平気だつた。私は何も考へてゐなかつた。ただ清々しい満足の中に静かに眠つてゐるやうだつた。」（七）と主人公の心が浄化されている。

以上が「伊豆の踊子」に触発され、影響を受けて「天草土産」に反映させたと考えられる箇所である。登場人物、場面、心の動きなど類似の場面が数多く存在することが明らかであろう。だが、それにもかかわらず、「天草土産」は単なる「伊豆の踊子」の模倣作に終わらず、印象的な作品として心にとどまることになった。それは初出文の大幅な改稿によって、作品がより優れたものになったためであろう。具体的な推敲過程については後に述べることにする。

体験と作品

作者の体験と作品の関わりについては、随筆「金桁鉱泉と奴留湯―遠い湯の思ひ出―」(「早稲田文学」昭和13・8)の中の、「金桁鉱泉のことは、『天草土産』といふ作品のなかに一度書いたけれど、僕にとっては忘れられない土地だ。あれは大正十二年、高等学校三年の秋であった。秋季皇霊祭の休みに天草へ渡るつもりで、朝熊本駅を立つて三角《みすみ》半島の先端にある三角の港へ行つたが、折悪しく汽船が欠航で、あくる朝の便を待つため、金桁の鉱泉場で一夜を明かしたのだつた。」と書き出される、「金桁鉱泉」の節が参考になる。

「僕が金桁に泊つてから小説に書くまでには十年余りの月日がたつてゐる。しかしその旅行中僕は小まめにノオトをつけてゐて、その覚書に據《よ》つてあの作品を書いた」からである。

作者自信の体験をもとに、小説「天草土産」に描かれている箇所を列挙すれば、次のようになる。

一日目。熊本駅から三角の港へ行ったが、汽船が欠航し、金桁鉱泉泊り。(「天草土産の「1」「2」節)

「1」 a 頭の禿げた床屋の親爺 b 鉱泉宿の煙突が高く聳え、煙が空に流れている

「2」 c 男湯も女湯も一人もいないので効能書を読む d 海に出ると戸馳島の岬が突き出ていて、白帆が辷って行く e 櫨《はぜ》の木の堤、一本松のある岬、三角の港の灯がきらきら輝い

ている

その他、「鉱泉宿のおかみさんが青瓢箪だつたとか、宿の夕食に小さな蛸の煮しめが出たとか、海岸の枝振りのいい老松の下で子供たちが遊んでゐたとか、堤の長い草の中に寝そべって師範学校の生徒がハーモニカをふいてゐた」など。

二日目。金桁鉱泉から天草に渡る。(「3」節)

「3」 a 四時に起きて湯に入ると、窓の外には大きく星が輝いていた b 六時半の汽船に乗つて、天草へ渡つた。

以上が作者によって明かされた体験と、それを踏まえて作品に描かれた箇所である。創作との大きな違いは「天草土産」に登場する少女とではなく、作者は「一人で旅行し」、すでに誌したように、主に「下宿にゐた女学生を頭にお」き、「おはぎ屋の娘」を加えて作品を執筆したことである。故に、「天草土産」は作者の天草旅行体験や風物をもとに、娘との架空の旅を創作したことがわかる。

定稿と初出

次に、初出と創作集『野』に収録された定稿との主な異同を説明する。(波線は削除、傍線は改稿・加筆部分。)

「1」

a 三角半島↓宇土半島。事実の誤認を訂正。

b 「さうしませう」↓「よかたい。」。標準語を方言(熊本弁)に訂正。

c 三重ちやん↓三重。子供っぽく、甘さが感じられるから。

d　腹をよぢりたいやうな気持だつた。↓削除。手垢のついた比喩のため。

「2」

e　余分な説明箇所の削除や改稿。

（初出）

森は濁つた湯に唇までつかつて、三重ちやんの這入つて来るのを待つてゐた。三重ちやんは障子の外で、着物を脱いだり着たりしてゐた。男湯も女湯も、客は一人もゐないのだ。一緒に這入らうと決めながら、まだためらつてゐる。

森が、薬学専門学校の校長の署名のある効能書の板を読んでゐると、三重ちやんは裸の白い塊になつて、浴槽のそばまで駈けて来た。

（定稿）

森は濁つた湯に唇までつかつてゐた。三重は障子の外で、着物を脱いだり着たりしてゐた。男湯も女湯も、客は一人もゐなかつた。

森が、薬学専門学校の校長の署名した効能書の板を見上げてゐると、三重は一散に、浴槽のそばまで駈けて来た。

f　「2」末尾の性的場面の大幅な削除と改稿。↓三重をどこまでも無邪気な少女として描き、明るい清純な青春小説にするため。

（初出）

「森は三重ちやんの……髪を撫でつづけた。」全文削除。

「かへらうよ。」

三重ちやんが淋しさうに小声で言つた。そして淋しさに堪えられないやうに、森の方へ身を凭せて来た。森は三重ちゃんの肩を強く抱いた。三重ちゃんはじつとしてゐた。森は三重ちゃんの唇へ唇を持つて行かうとした。が、ふと思ひとどまつた。「ロビン・フッド」といふ映画を一緒に見たのち数日経つて、森は三重ちゃんに接吻しやうとしたことがあつた。「ああ、嫌らしい」――さう言つて、三重ちゃんは森の接吻を払ひのけた。三重ちゃんには接吻は汚いものなのだ。森は今それを思ひ出した。

森は三重ちゃんの顔を胸に引き寄せ、髪を撫でつづけた。

さうしながら、彼の眼は、遠く三角形に聳えた山の下に、三角の港の灯がきらきら輝いてゐるのを見詰めてゐた。

（定稿）

「もうかへらうよ。」

三重が淋しさうに小声で言つた。そして淋しさに堪へられないやうに、森の方へ肩を凭せて来た。

森たちは、そこにさうして暫く立つてゐた。

その間、彼の眼は、遠く三角形に聳えた山の下に、三角の港の灯がきらきら輝いてゐるのを見詰めてゐた。

「4」

g　「3」のfと同じく、性的場面を大幅に削除改稿。

（初出）

「と同時に、……」以下、定稿で全文削除。

女が森の膝を抓つた。と同時に、女の体温が身近に匂つた。

女はのけ反って、唇を森の唇の方へ持つていつた。森はそのとき誘惑を感じながら、三重ちゃんのことを思ひ出した。すると森は、誘惑を避けて、彼もまたのけ反つてしまつた。女はますますのけ反つて来た。森もいよいよのけ反つていつた。二人の咽喉仏が弓のやうに反つた。

「嫌やなひと！」

女は詮めて、たうとう笑ひだしてしまつた。

（定稿）

「森はそのとき、……」以下、初出を全文改稿・加筆。

女が森の膝を抓った。

森はそのとき、ふと、三重のことを思ひ出した。すると森は、誘惑に負けてはならぬぞと、身を固くして腕組みをした。

「冬がつまらなければ、来年の夏いらつしやいね。」と、暫くして女がまた言つた。

「来年の夏はもう熊本にゐないよ。東京へゆくから。」

「さう。ぢやァ、仕方がないわ。男つて、いいわねえ。どこへでも飛び立てるから。わたしなんか、津波でも来れば、島と一緒に死ぬる覚悟だわ。」

森は、危く女の気持に誘はれさうになつた。彼は立ち上つて、渚の方へ歩いて行つた。

「いやなひと！」

女が叫びながら、うしろから駈けて来た。

最終節の「5」は大幅に言葉を補い、作品の質を高めることになった。

h　内容上、不都合な点（三重の行動など）を改稿。

（初出）

女中たちは、「浅田屋」と書いた硝子戸のそばに立つて見送つた。一町くらゐ行つて、うしろを振りかへると、昨夜の女中一人だけ残つてゐて、ハンカチを振つた。森は帽子を脱いで、振つた。三重ちやんもうしろを振り向いて、「さやうなら」と叫びながら手を振つた。女の「さやうなら」といふ声がかへつて来た。

（定稿）

女中たちは、「浅田屋」と書いた硝子戸のそばに立つて見送つた。一町くらゐ行つて、うしろを振りかへると、昨夜の女中だけ一人残つてゐて、ハンカチを振つた。森は帽子を脱いで、振つた。それでもなほ足らずに、「さやうなら」と大きく叫んだ。女の「さやうなら」といふ声がかへつて来た。三重は振り向きもしなかつた。

i　登場人物の気持や行動の説明を補った

（定稿）

彼は、昨夜の夢をあすこに残して来たやうな気持がした。後髪を引かれるやうな気持だつた。三重は、そのそばで、浮かぬ顔して歩いてゐた。物もあまり言はなかつた。

以下、定稿では会話部分が七ヶ所に渡って加筆され、地の文だけの初出に比べて、生き生きした作品になっている。主な二か所だけ挙げる。

j

（定稿）「『おどんは……』」以下、加筆。

森と三重とは、草の上でこんな会話をした。

「おどんは、天草ば来なけりや、よかつたたい。」

「どうして。」

「どうしてでん、面白なかもん。」

「どうして面白なかぞ。」

「森さんば、天草へ来てから変つたたい。」

「そぎやんこつなか。」

「自分では判らんたい。」

　暫く間をおいてまた三重が言つた。

k

　（定稿）「『早う、熊本……』」以下、加筆。

干潟では、浅蜊《あさり》採る女子供が群れてゐる。涼しい風が吹いた。

「早う、熊本へかへりたか。」と三重が溜息まじりに言つた。

「かあちゃんの乳ば飲みたかぢやろ。」

「さうでもなか。」

「急がんてちや、明日の朝はかへれるたい。」

「いつときも居りたうなか。」

l　「につと微笑んで」という三重の意識的な行動を削除して、あくまでも清純で無邪気な姿として描こうとしたため。

　（初出）

　ふと三重ちやんの顔を見ると、実に健やかな鼾を立ててゐて、顔の表情には、一点の翳も曇りもなかつた。森は一寸辺りを見廻しておいて、唇をそつと三重ちやんの唇へ押しつけた。三重ちやんは眠りながらにつと頬笑んで、そのままじつとしてゐた。

（定稿）

……ふと三重の顔を見ると、実に健やかな鼾を立ててゐて、顔の表情には、一点の翳も曇りもなかつた。森は唇をそつと三重の頬へ押しつけた。

以上をまとめると、「天草土産」の初出から定稿への削除や改稿・加筆は

1　単純なミスの訂正
2　その土地の言葉に変更
3　不必要な説明や比喩の削除
4　感情や行動の説明不足を加筆
5　性的場面の削除改変
6　会話文の大幅な加筆

などであった。特に、かつてのノートに頼り、登場人物たちの動きが生き生きと描かれていなかったと思われる「5」は、会話の加筆以外にも、情景・心理などに多くの説明を加え、初出文とは一新する内容になった。

それでは、天草への一人旅の体験や風物をもとに、実在の人物をモデルにした三重を登場させ、「伊豆の踊子」の場面や人物などを大幅に取り入れ、適時変更させて完成された「天草土産」には、何が描かれているのだろうか。

森は「全く家族の一人のやうにして暮らし」ている三重に対して、「これを恋愛と言へば、森には

不純な気持がした。しかし、彼の気持は、紛ふ方なき恋愛であつた。ただ相手があまりに無邪気すぎるのだ。」と、強い愛情を持っている。

しかし、富岡の宿で「彼の気持は、もはや女の方へずるずる引き摺られてゐた。」「森は、危く女の気持に誘はれさうになつた。」と誌されるような、二人を引き離そうとする女中を登場させて、三重に「『おどんは、天草ば来なけりや、よかつたたい。』」「『森さん、宿の女中さんば好きぢやろたい。』」「『ぢやア、女中さんが森さんば好きぢやろ。』」と言わせ、「浮かぬ顔」をさせる。一時的に心離れを起こさせたのである。

だが、最終的には帰りの大門の汽船待合室で「ふと三重の顔を見ると、実に健やかな鼾を立ててゐて、顔の表情には、一点の翳も曇りもなかつた。森は唇をそつと三重の頬へ押しつけた。」と誌される末尾部分に明らかなように、二人のわだかまりは解消されることになった。

以上で明らかなように、上林暁の「天草土産」の主題は、森と三重の若い二人の愛の確認の旅であった。

三島由紀夫「サーカス」
——川端康成「招魂祭一景」に触れつつ

「サーカス見物」

ここに一枚の写真がある。サーカスを見つめる観衆の群れである。和服を着る若い母親や祖母、学生服の少女、おかっぱ頭の子供達、戦闘帽を被る中年の男など、画面に写る総勢五十人ほど。曲芸師の姿はない。ほとんどの群衆は一心に冷厳にサーカスを見つめ、舞台の方向を向いているが、四、五人は明らかにカメラを意識して目は舞台の方向にはない。一枚の写真としてそれらの群衆をまとめているのは、カメラの方向に目をつぶり、写真の真ん中にいる女の子である。林忠彦『カストリ時代レンズが見た昭和20年代・東京』（朝日文庫、昭和62・12）中の「サーカス見物（後楽園・昭和22年）」である。

次のページの、右手に扇子、左手に傘を持ち、足袋を履いて綱を渡る若い女の曲芸師のみが写る「綱渡り（後楽園・昭和22）」には、「ストリップとかフロアショーとか、額縁ショーとか、バタ臭いものがどんどんはやる半面、ジンタの音楽に乗った昔懐かしいサーカスもまたふたたび復活してきた。」と説明されている。

川端康成

「サーカス」（「進路」昭和23・1）が、このような時代のサーカスの復活と無縁なものではないことは明らかだが、三島由紀夫がこのとき主に考えたことは、この時代の雰囲気や観衆の姿を伝えるというより、彼の尊敬する川端康成の文壇処女作の一篇、同じ曲馬団を描いた「招魂祭一景」（「新思潮」第二号、大正10・4）に対抗し、川端にいかに認められ、文壇での地位を築くかであったと思われる。三島にとってどう川端の「招魂祭一景」を取り入れこなして、自分の世界、作品を作りあげるかが一番の関心であったと思われる。明治三十二年（一八九九）生れの川端、満二十一歳、大正十四年（一九二五）生れの三島、満二十二歳でほぼ同年齢の時期である。

三島は「サーカス」執筆の前年、昭和二十一年一月に初めて川端を訪れ、六月号には川端の推薦で「煙草」（「人間」）を発表。当時の三島の心境が滲み出る『川端康成・三島由紀夫　往復書簡』（新潮社、平成9・12）には、昭和二十年には二通、二十一年には十一通、二十二年には二通が収録され、川端に認められ文壇に進出したい強い気持が現れている。

昭和二十一年四月十五日付け書簡には、川端の「抒情歌」（「中央公論」昭和7・2）について「しかし貴下（かういふ粗雑な二人称をお恕し下さい）を、堀辰雄氏より遥かに高いところに我々が仰いでをります所以のものは、肉体と感覚と精神と本能と、すべて霊的なるもの肉体的なるものとが、青空とそこを染める雲のやうに、微妙な黙契をみせてゐるからです。その触媒としては日本人のあのさゝやくやうな『悲しみ』の秘密がありませう。しかしそれにしても単なる『身についた詩』『身についた感覚』などといふ言葉では言ひ現はせない、『身《ヽ》』の悲しみ『身《ヽ》』の美しさ、その中に宿る神の肉体に触れえた人の、類ひない文学だと信じてをります。」と誌し、また、『雪国』についても「『雪国』については、(この作品何度拝読いたしましたことか！) あまりに大きく高く、小さい私には牧童がいつかあの山へも登れるかと夢想する彼方の青いアルプの高峯のやうに仰がれるのみでございます。」と、最大限の褒め言葉を誌しているが、川端の心に深く響いたとは思えない。

なぜなら、「抒情歌」は作者の停滞期の中では一応のレベルに達してはいても、「この『抒情歌』も心霊の歌といふほどのことはなく、抒情の歌にとどまつてゐる。この後も私が霊魂の不滅やあの世の存在を信じることはむづかしいだらうけれども、この『抒情歌』の世界をなほ深い象徴に書く日は来るかもしれない。」(『岩波文庫版「抒情歌」「禽獣」あとがき』昭和27・6)と考えているからであり、『雪国』も現行の形にはなっていないからである。完結した創元社版『雪国』が刊行されたのは、昭和二十三年十二月である。

*

「心の相場師」からの逃亡

以下三島の「サーカス」を、発表当時の林忠彦のサーカスの写真と、川端が同人雑誌「新思潮」に発表した短篇小説「招魂祭一景」を参考にしながら考えてみる。それによって、作品の特色がより浮び上ってくると思われるからである。

「サーカス」には、「王子は砂の上に横たはつてゐた。頸骨を折つて。」という記述がある。「招魂祭一景」の末尾は、次の通りである。

「あ、桜さんに追ひついた、桜さんを追ひ越す」――とこれだけをお光がはつきり思つた途端、腹を触れ合つた二頭の馬の小さいよろめきで、曲馬団の花形桜子は焔の円光諸共落馬した。

この二文を比較すれば、「サーカス」が「招魂祭一景」とほぼ同じ土俵に乗って、（サーカスの演技者の落馬という）創作された作品であることに気づくであろう。「招魂祭一景」の桜子の曲芸が、馬に乗る自分の姿が焔の中に包まれる妙芸であるのに対して、三島の描く「サーカス」の曲芸は「綱渡りの少女が足をふみ外す。あたかも馬の背に立つて馬を御しつつその下まで来た少年が少女の体を抱きとめて舞台を一トまはりする。大当りは確実だ。少年のやや品位ある顔だちのため彼を『王子』と仇名して喝采を得ようとPは申し出た。」とあるように、「王子」と彼を愛する少女の演じる同じ馬の曲乗りであるが、より難解な演技を与えることによって、ドラマ性を強めている。

以上のような表面上の相似形の中で、三島が作り出した「サーカス」の世界はどのようなものだろうか。

「彼は酷薄な人と、また、残忍な人といはれた。彼の残忍のなかをつよく生きぬいてゆく人々を彼がいかに烈しく愛するか、知る者はすくなかつた。」と誌される、元探偵見習いのサーカス団長を中心とした物語である。また、彼については「やさしい心根をもつゆえに、人の冷たい仕打にも誠実であらうとする。誠実は練磨された。ほとんど虚偽と見まがふばかりに。／人間の心に投機することによつて彼は富み偉大になつた。心の相場師だ。曲馬団長にふさはしい彼ほどの男はみつかるまい。」と、〝誠実〟な「心の相場師」と説明される。このような誠実な態度で酷薄に残忍に人の心を操る団長に見出だされたのは、大道具係であいびきを発見された少年と少女である。

「悍馬《かんば》クレイタ号をあやつる者はかつてなかつた。きのふは一人の女騎手が頸を折つた。棚からおちた陶器の人形のやうに。」という状況に、クレイタ号に少年を乗せ、綱から落ちる少女を抱き留める曲芸を団長は強いたのである。二人は半月で舞台に出、一月で人気者になる。「団長は二人をこよなく心に愛してゐた。」が、折檻を緩めることはない。

その折檻がはげしければはげしいほど彼等の生き方には、サーカスの人らしい危機と其日暮しと自暴自棄の見事な陰翳がそなはるであらうと思はれた。

からである。曲芸が終わると

観客はきちがいじみた嗚咽をあげて喝采した。観客たちの瞳が人間のやさしさの涙で濡れてゐるのを団長は見た。

のである。団長も観客と同じように、「瞳は人間が人間を見るときのやさしさで潤んでゐた。」のである。林忠彦のサーカスの一枚の写真に見られるように、現実の観客達は真剣にサーカスを見つめることはあっても、嗚咽を上げることはないであろう。拍手をすることはあっても、嗚咽を上げるほどの喜びや悲しみを感じることはないであろう。

王子と少女の「奇跡」のような曲芸が描かれているのが、第一節である。

第二節の冒頭には、団長の夢想がかなえられなかった強い怒りが、次のように誌される。「二人の出奔を聞いたとき、団長の心は悲しみの矢に篦《の》深く射られた。心ひそかに彼がねがった光景、——いつかあの綱渡りの綱が切れ、少女は床に顛落し、とらへそこねた少年は落馬してクレイタ号の蹄にかけられる有様——、団長の至大な愛がゑがいてゐた幻影は叶へられなかつた。団長は椅子にもたれて不幸や運命や愛について考えた。彼の唇は怒にふるえて来た。」。団長はつかまえた駆落者を「いはうやうない憎しみの眼差」で見つめ、「この年少の裏切者を、卑怯者を、日向の犬のやうな怠惰な幸福にあこがれた脱走者の顔をのぞき込」んだが、少年には「卑屈な表情」は見えずに、「まぎれもない流竄《るざん》の王子の面影を。」見出だす。

　彼の目は団長のかつて知らない、――それもその筈サーカスの団長は逃亡することなど出来はしない――、さまざまな逃亡の記憶にかがやいてゐた。逃亡といふものが未知のいかにも高貴な行為のやうに団長には思はれる。

　団長に、「怠惰な幸福」がその先に待っている、逃亡という新しい夢が浮かび上がったのである。それに対して「招魂祭一景」のお光には、「――お光の日々、現の身が哀れに荒めば荒むほど、夢は美しくなりまさる。でも、もう夢と現との架け橋なんぞ信じはしない。そのかはり、望み次第の時に、天馬に跨り空を夢へ飛ぶのであつた。」という、一時的な夢の望みはあっても、逃亡への期待は微塵もない。この夢もまた「お光の夢はさめた。」と同じ節の末尾にあるように、別の世界への逃げ道は閉ざされているからである。二人の出奔と団長の逃亡への夢が描かれたのがこの節である。このような「逃亡」への憧れが、団長に次に描かれるような行動を取らせる。


　第三節の内容は次の通りである。二日の休演で舞台に立った王子と少女。クレイタ号の狂奔によって、王子は「頚骨を折つて」「砂の上に横たは」る。綱の上の綱渡りの少女はそれを上から「眺めてゐたといふより知つてゐた」のである。いつかこのような〝悲劇〟が王子の身の上に起こることを予感していたからである。「この苦しい生の均衡」に耐えて、初めて少女は綱を渡りおえる。だが、「群衆は、彼女のこの最初の、見事な完成された曲技を見てゐはしなかつた。」のである。サーカスの写真に見られるように、全員が一点を見つめることは有り得ない。落馬した王子とは別に、頭上の少女をじっと見る者もいよう。だが、「サーカス」では、団長一人が「少女の完全無欠な綱渡りをまじまじと見上げてゐた」のである。予想された王子の死への興味から、次の少女の行動を見守っていたのである。

「少年の胸の見馴れた緋の百合が、一瞬まぶしくきらめいて彼女の目を射た。」ので、少女は自ら足場から落下していく。青地に百合がフランス王家の紋章であるように、王子の印である「緋の百合」の威厳のある純潔さや無垢な姿が、彼女を少年のもとに、当然のように誘い込む。

――何も知らない群衆の頭上に、一つの大きな花束が落ちて来た。

と、この節の末尾に少女の自死が描かれることはあっても、大怪我をしたであろう「群衆」のその後に三島の筆が及ぶことはない。少女を見つめる団長も群衆に目を向けることはない。「事件というものは見事な秩序をもつてゐるものである。日常生活よりもはるかに見事な。」と誌されるような、少年少女の死とそれを見つめる団長を描いたのが第三節である。

最終節は事件の起った翌日のことである。

団長の腹心のPが「王子」の靴の裏に油を塗り、クレイタ号に興奮剤を注射していたことが、手品の種明かしのように明かされる。「団長は上機嫌をかくせない苦い顔」でPに金貨を与える。Pの「卑屈な笑ひ方」に団長は「まだ見たこともない苦渋に充ちた共感の表情をうかべ」る。「王子」の死のような「立派な仕事」にPが金を貰って卑しくするからである。金を与える団長もまた同類である。

「ともあれサーカスは終つたんだ」と団長は言つたのである。「俺もサーカスから逃げ出すことができるんだ。『王子』が死んでしまつた今では」

王のいない国が考えられないように、スターである「王子」のいないサーカス団は存在する意義はない。花形のいないサーカスに止まる理由は見出だせないのである。「招魂祭一景」では花形の桜子は落馬し、二度と舞台に立てなくなっても、お光がスターの座を射止めるかもしれないことが暗示されて、作品は終わっている。「サーカス」の末尾は次の通りである。

団長はポケットにつと手を入れて細い黒いリボンで結へた菫の花束をとりだすと、かつて熱狂した小学生たちが少女の髪にあの溶けたキャラメルを投げつけたやうに、手で勢ひをつけて、それを二人の棺の上へ投つた。

「菫の花束」を二人の棺に投げたのは、菫の花言葉が「無邪気な愛」や「慎ましい幸福」（高橋三千綱の小説集『花言葉』集英社文庫、平成6・12）だからである。北脇瑩次『誕生花』（株式会社いしずえ、平成13・6）には「誠実な愛」「信頼」を花言葉として、「『山路きて何やらゆかしすみれ草』（芭蕉）。日本では楚々とした野草として愛されているスミレですが、西洋ではバラ、ユリと並ぶ特別な花。『天使がひそかに与えるように花開く』可憐な花を誠実、純真の象徴としています。」という説明があたるからである。

この時の団長の気持は、慎ましい幸福を貫いた二人に対する皮肉な祝福であり、彼等からの決別である。「王子」の死によって新しい旅立ちを手に入れた、団長の二人への決別である。それは今までの自分の生活に対する、サーカス団に対する決別でもある。純粋を貫いた少年少女の死もまた、「心の相場師」であった団長にとって、サーカスからの逃亡への一手段にしか過ぎなかったのである。

かつて探偵の手下から、サーカス団の団長に華麗に転身したように、元団長には次に何が待っているのであろうか。逃亡した団長のその後の姿は、『金閣寺』（新潮社、昭和31・10）の主人公、溝口の放火後の生活が取り上げられることがないように、描かれることはない。三島には一見平凡な生活に隠れる、日常への興味が薄いのであり、それを描く文体には遠いからであろう。

純真・無垢なサーカス団の少年少女の死を対照させて、他人の心を自由に操る「心の相場師」である団長の、サーカス団からの逃亡を描いたのが「サーカス」であった。

「サーカス」と「招魂祭一景」

以下、「サーカス」と「招魂祭一景」の関わりについて、気づいたことを挙げておく。

1　「サーカス」は四百字詰原稿用紙で約十四枚、「招魂祭一景」は二十枚である。

2　両作品とも全四節によって構成される。「招魂祭一景」が第三節でお光の夢を描いて起承転結の構成であるのに対して、「サーカス」は同じ四節でも時間的流れによっている。

3　「サーカス」の主人公の団長は、「招魂祭一景」の主人公のお光が「初手からかなはない。」と考える、馬だけでなく若い女性を自由に操る伊作にあたる。

4　少年少女の曲芸は「招魂祭一景」の燃えついた半楕円の針金を持って、独り縄飛びを馬の背でする曲芸を、より難しくしたものである。

5　「招魂祭一景」がサーカス団を止めた後の、「白痴《こけ》のやう」な、「屍《しかばね》人形のやうな」お留を描き、「『――だつて、お留さん。伊作さんに騙《だま》されたつて騙されなくたつて、結局同じことだわ。何も伊作さん一人が……』」「『……………お留さんだつて男のおもちやになつた。あんただつて、その時、唯あきらめたぢやないの。……』」と、お光に思わせることによって、曲馬団とは別の世界に何の希望や夢を持っていないのに対して、「サーカス」では、脱走を試みた王子や少女だけでなく、団長もまた外の世界に望みを託している。

6　落馬の原因は「サーカス」がＰによる人工的なものに対して、「日毎幾度となく巧みに美しく繰り返すこの曲芸が、ほんとに出来ないのか、我儘から飛びたくないのか、この間からよくないからだに三日間の招魂祭の疲れが一時に出て自分が大病なのか、お光には何も分らなくなつた。」とあるように、明確な理由は説明しないで含みを持たせ、読者の想像力を掻き立てる。

7 「招魂祭一景」が桜子の落馬によって作品が終結しているのに対して、「サーカス」では翌日の葬儀にまで筆が及び、団長のサーカス団からの逃亡と少年少女との生き方の違いを明らかにして、主題を明確にしている。

8 三島の作品は「事件というものは見事な秩序をもっているものである。日常生活よりもはるかに見事な。」というような、文中にちりばめる警句に特色があるが、「招魂祭一景」は「『お光さん。男のおもちゃになり出したらもうきりがないことよ』」「『そしたら死んだも同然よ』」や「『人間も馬臭くなつちやおしまいよ』」に代表されるような、人生の生き方や考え方にまで及ぶ。

京極夏彦『姑獲鳥の夏』
――恋文、日記、母、川端康成など

恋文の渡し手の誤り、事件解決に重要な日記の役割、母性讃歌と憎悪、そしてまた、存在するが見えない死体による事件の解決。これらの物語を取り巻く世間の常識を少しだけずらせた京極堂を中心とする哲学風会話と知識群の披瀝。京極夏彦は健康な常識人、小林秀雄がそうであるように。……この長い長い『姑獲鳥《うぶめ》の夏』（講談社NOVELS　平成6・9）の物語を読み終えたときの第一印象である。以下、これらの印象をもとに『姑獲鳥の夏』に近似であるとともに遠い作品に触れながら、若干の感想を誌すことにする。

実際に「見えないものは存在しない」あるいは「見えなくても信ずれば存在する」がごく普通の常識であるなら、そこに死体があっても「見ない（見えない）ものは存在しない」というのもまた少しだけずらした別の常識である。この少しだけが多くの読者を掴む理由であろう。

「1」の京極堂と関口との会話の中で「……これはその人の心にとってみれば、――と、いうより内側の世界では絶対に現実のものと区別はつかないよ。いうなれば、これは仮想現実とでも呼ぼうかね。いやその人個人にしてみればまさに現実さ。現実そのものだってまったく同じように脳の検閲を受けて入ってくるんだからね。我我は誰一人として真実の世界を見たり、聞いたりすることはできないんだ。脳の選んだ、いわば偏《かたよ》った僅かな情報のみを知覚しているだけなんだ」と説明される〝仮想現実〟は、涼子、梗子、関口、内藤の心理を反映し、事件解決に重要な役割を荷うが、現にそこに存在するものが見えないこと（見ないこと）と真実の世界が見えないこととは別物であろう。

例えば、川端康成の晩年の作品に未完の長編『たんぽぽ』（新潮社　昭和47・9）がある。今まで見えていたものが不意に見えなくなる、「人体欠視症」という実際には存在しない病気にかかる、木崎稲子を巡る作品である。精神病院に入院させた稲子について語る、稲子の恋人久野と稲子の母との会話によって成立している。久野が病院よりも結婚させてほしいと頼んだことに対して、稲子の母が次のように答える場面がある。

「久野さん、東京のお医者さんに言はれた、あれをあなたもおぼえてゐるでせう。人体欠視症の若い産婦が子どもを殺したといふ話。自分の赤ちやんの首が見えなくなつて、殺したといふ話。」／「殺したのは赤んぼでせう。生まれたての赤んぼはちよつと口をふさゐでゐても死にます。踏みつけただけでも死にます。僕はそんな赤んぼぢやありませんよ。」と久野は言つた。「稲子さんの発作ぐらいで殺されやしません。稲子さんを取りおさえる力があります。」／「稲子が久野さんを殺すなんて、思つてもみませんでした。稲子に子どもができたらのことですわ。」／「……………。」／「人体欠視症のその産婦は、赤ちやんの見えなくなつた首をしめたんですよ。自分の産んだ赤ちやんの首が見えなくなつた、その見えない首をしめたつて、どういふことでせう。わたしは身ぶるいしましたわ、聞いてゐて。」

この産婦の話はもう一度後に繰り返されるが、この場面を読みながら『姑獲鳥の夏』を思い出すのも自然であろう。しかし、この見えない首を絞める恐ろしさ（「たんぽぽ」）に比べれば、「姑獲鳥の夏」の世界もどんなに残忍に描かれていても、ごく常識的に見えることも致し方ないであろう。そして、別の場面で精神病院の主である西山老人と稲子について、次のように想像する。

気ちがいたちも西山老人をはばかるけはひがあつて、話しかける患者はすくない。もし、木崎稲子が老人に近づくとなると、稲子は声がきれいだから、老人をよろこばせるだらうか。しかし、をかしなことがおこるかもしれない。人体欠視症の稲子は、西山老人のからだが全く見えなくて、ただ、筆が動いて（仏界易入魔界難入）と字を書くのが見える。そんなことがないとはかぎらぬ。

……

夫の死体とともに住み続ける梗子、肉体が見えなくて〝仏界〟と〝魔界〟の字だけが見える、「目の前の人間のからだが見えなくなつた、その最初の人間は、ほかならぬ」恋人の久野であった、稲子との対照。また、『姑獲鳥の夏』の「1」の延々と続く二人の会話も、未完であるが『たんぽぽ』が全編、稲子の恋人久野と稲子の母の会話を中心に成り立っていることを考えれば、異とするに当たらないことになる。

『姑獲鳥の夏』に何程かの考察を求めるのは無い物ねだりと言うべきであろう。ここでは作品に浸って団扇を片手に十分に楽しめばよい。作品に何か生きる精神の糧を求める者は『たんぽぽ』に向かうべきであろう。

「そこに存在するものが見えないといふのが、僕はこのごろこはくなつちやつて。」

「人体欠視症の、目の前の人間が消えて見えないといふのとは、まるでちがいますけれど。」

初出一覧

「椿」―宇野千代「その娘のこと」に触れつつ
『川端文学への視界』31　平成28・6

「離婚の子」の小説家―尾崎士郎・宇野千代に触れて
「春隣り」第十六号　令和元年・6

宇野千代「晩唱」―川端康成「硝子」に触れつつ
「春隣り」第二十二号　令和3・4

「浅草に十日ゐた女」―〝恋の力〟と〝未練〟
「春隣り」第十三号　平成30・7

石浜金作「ある恋の話」―川端康成「非常」に触れつつ
「春隣り」第十七号　令和元年・10

「首輪」―「私の憂鬱」と「日本の首輪」
「芸術至上主義文芸」42　平成28・11

「雨の日」―「底冷え」と「春雨」
「芸術至上主義文芸」44　平成30・11

「雨だれ」―「可愛い目」と「鼻の影」
「芸術至上主義文芸」48　令和4・11

＊

「ロケエシヨン・ハンチング」―処女の裸体
「雲」平成28・1、2〜3、4

「踊子と異国人の母」―「母の感じ」と「私の小説」
「春隣り」第二十三号　令和3・8

＊

「処女の祈り」（川端康成）と「地獄」（金子洋文）―〝悪魔祓い〟と〝雨乞〟
「春隣り」第十一号　平成29・11

『みづうみ』と「バッタと鈴虫」―「螢籠」と「光の戯れ」　「芸術至上主義文芸」43　平成29・11

「合掌」の推敲―「合掌の力」の明確化　「春隣り」第八号　平成28・12

「朝の爪」の改稿―「白蓮華」と「無心」　「春隣り」第十四号　平成30・10

『雪国』と掌の小説　「雲」平成28・7、8～11、12

川端康成『雪国』と犀星　「室生犀星研究」42　令和元年・10

「片腕」と「片手」（パトリシア・ハイスミス）　「会報　川端文学研究会」第四号　平成18・12

川端康成『東京の人』に描かれた『千羽鶴』　「春隣り」第二十一号　令和3・1

野上彰の暗示―『川のある下町の話』解説　「春隣り」第十九号　令和2・5

矢崎泰久の「盗作と代作」に触れて―川端康成『東京の人』　「春隣り」第二十五号　令4・3

＊

二冊の『朝雲』　「春隣り」第五号　平成28・1

〝手帳〟の誤解―梶井と川端の一挿話　「会報　川端文学研究会」第五号　平成19・20

未完の『みづうみ』―川端康成の対談　「春隣り」第十号　平成29・8

数えと満―川端康成の十六歳　「春隣り」第七号　平成28・9

ハンガリー語訳「冬来り」　「春隣り」第三号　平成27・7

「処女作の祟り」の祟り　「春隣り」第五号　平成28・1

挿話「雨傘」―『掌の小説』論の刊行に寄せて　「春隣り」第六号　平成28・4

『掌の小説』の初出誌紙

「弱き器」「火に行く彼女」「鋸と出産」の初出について　「芸術至上主義文芸」44　平成30・11

お知らせ　「夫人の探偵」について　「会報　川端文学研究会」第二号　平成17・1

掌の小説　私のベスト3　「会報　川端文学研究会」第一号　平成15・11

「会報　川端文学研究会」第一号　平成15・11

上林暁「天草土産」の成立―川端康成「伊豆の踊子」に触れつつ

「上林暁研究」第十四号　平成18・3　園田学園女子大学　吉村稠研究室

三島由紀夫「サーカス」―川端康成「招魂祭一景」に触れつつ　「群系」21　平成20・7

京極夏彦『姑獲鳥の夏』―恋文、日記、母、川端康成など

ミステリー研究会　編『京極夏彦』（鼎書房、平成13・11）

後記

本書は、川端文学の中核を形作る『掌の小説』を中心とした論集である。

「てのひら」（文章の短さ）、または「たなごころ」（内容の深さ）と呼ばれる『掌の小説』は、川端康成のほぼ五十年にわたる文学生活に書き継がれた作品群である。

『川端康成全集』ならびに『新潮文庫』の「掌の小説集」には百二十二篇が収録されているが、筆者は、原則として四百字詰原稿用紙で十九枚以内の作品（「雪国抄」を除く）を幅広く選び、百八十二篇を数えている。

なぜなら、出来るだけ多くの作品に触れることによって、川端文学の全貌が明らかになると思っているからである。

筆者は、すでに百五十篇ほどの「掌の小説」論を発表しているので、本書では宇野千代・石浜金作・金子洋文などの他の作家や作品、伊藤初代・佐藤碧子などとの関わり、『みづうみ』『雪国』などの、川端の『掌の小説』以外の作品にも触れていることが、前著六冊とは異なる点であろう。

今後も残りの三十篇ほどについて、作品論に有効な方法を作品ごとに選んで誌していく予定である。

令和五年三月　　染井吉野の咲く日々に

森　晴雄

『掌の小説』 一覧

		発表年月日	発表誌(紙)	総題・副題、	執筆年月日	収録
1	油	大10·7	「新思潮」		大10·5·24	
2	林金花の憂鬱	12·1	「文藝春秋」			
3	精霊祭	12·4	「文藝春秋」			
④	**男と女と荷車**	12·4	「文章倶楽部」		12·2	(四)
5	葬式の名人（初出「会葬の名人」）	12·5	「文藝春秋」			
⑥	**日向**	12·11	「文藝春秋」		12·8	(四)
⑦	生命保険	13·7	「文藝春秋」			(六)
⑧	**弱き器（初出「夢四年」）**	13·9	「現代文藝」		13·8	(四)
⑨	**火に行く彼女**（同上）		〃		〃	(五)
⑩	**鋸と出産**（同上）		〃		〃	(四)
⑪	**バツタと鈴虫**	13·10	「文章倶楽部」		11·8·17	(五)(七)
⑫	**時計（初出「指環と時計」）**			『新進作家創作十七篇』		
		13·11	「文壇」		13·8	(一)
⑬	**指環**（同上）		〃		〃	(二)
⑭	**髪**	13·12	「文藝時代」	「短篇集」	13·10·26	(二)
⑮	**金糸雀**		〃		〃	(一)(二)
⑯	**港**		〃		〃	(二)
⑰	**写真**		〃		〃	(四)
⑱	**白い花**		〃		13·10·27	(二)
⑲	**敵**		〃		13·11·18	(二)
⑳	**月**		〃		〃	(五)
㉑	**落日**	14·2	「文藝時代」		13·12·25	(二)
㉒	**死顔の出来事**	14·4	「金星」		14·3	(三)
㉓	**屋根の下の貞操**	14·4	「文藝日本」	『コント四篇』	14·2·22	(三)

㉔	人間の足音	14·6	「女性」	『初夏途上の女』	14·4	(四)
㉕	海（初出「朝鮮人」）	14·11	「文藝時代」	「第二短篇集」	14·10·5	(四)
㉖	二十年		〃		〃	(五)
㉗	硝子		〃		〃	(一)(七)
㉘	お信地蔵		〃		〃	(二)
㉙	滑り岩		〃		〃	(二)
㉚	有難う	14·12	「文藝春秋」	「第三短篇集」	14·11	(五)
㉛	万歳		〃		〃	(三)
㉜	胡頽子盗人		〃		〃	(五)
㉝	玉台		〃		〃	(五)
㉞	夏の靴（初出「白い靴」）	15·3	「文章往来」		14·1	(六)
㉟	母	15·3	「婦人グラフ」		15·1	(四)
㊱	雀の媒酌	15·4	「辻馬車」		15·3	(四)
㊲	子の立場	15·4	「文藝春秋」	「第四短篇集」	15·2	(一)
㊳	心中		〃		〃	(一)
㊴	龍宮の乙姫		〃		〃	(一)
㊵	処女の祈り		〃		〃	(四)(七)
㊶	冬近し		〃		14·11	(二)
㊷	霊柩車	15·4	「戦車」		15·3	(三)
㊸	一人の幸福	15·7	「若草」	「一人の幸福　他一篇」	15·2	(二)
㊹	神います		〃		15·4	(二)
㊺	帽子事件	15·7	「文章倶楽部」	『新人十家の小品』	11·8	(四)
46	時代二つ	15·7·19	「読売新聞」			
㊼	静かな雨	15·8	「文章往来」			(四)
㊽	合掌	15·8	「婦人グラフ」		15·7	(三)
㊾	屋上の金魚	15·8	「文藝時代」	『怪奇幻想小説号』		(一)
㊿	金銭の道	15·8	「苦楽」	『読売コント』		(二)

(51)	近火	15·8	「随筆」			（六）
(52)	**朝の爪**	15·9·3	「都新聞」		15·8	（五）
53	祖母	15·9	「文藝時代」			
54	父	15·10·3	「東京朝日新聞」			
55	名月の病	15·10·3	「都新聞」			
56	今日の扉	15·10·10	「週刊朝日」			
(57)	猪の親	15·12	「キング」			（六）
58	**女**	昭2·1	「文藝時代」	「怪談集」	昭2·1	（一）
59	**恐しい愛**		〃		〃	（五）
(60)	**歴史**		〃			（一）
(61)	**馬美人**	2·5	「文藝春秋」	「第五短篇集」		（二）
(62)	**百合（初出「百合の花」）**		〃			（二）
(63)	赤い喪服		〃			（三）
(64)	**処女作の祟り**		〃			（六）
(65)	**貧者の恋人**	2·5·5	「東京朝日新聞」			（二）
(66)	**夫人の探偵**	2·5·10	「東京日日新聞」			（三）
(67)	**駿河の令嬢**	2·5	「若草」	『旅とエピソード』		（五）（六）
(68)	**神の骨**	2·8	「文藝公論」	「神の骨」	2·6	（三）
(69)	スリの話		〃			（四）
(70)	犬	2·9	「創作時代」			（六）
(71)	**笑はぬ男**	2·9·14	「アサヒグラフ」			（四）
(72)	**夜店の微笑**	2·10	「文藝評論」			（四）
(73)	**門松を焚く**	3·2	「創作月刊」			（五）
(74)	**盲目と少女**	3·2·17	「東京朝日新聞」		3·2	（五）
(75)	椿	3·3	「創作時代」	「南国の娘に与へる手紙」（副）		（七）
76	詩と散文	3·4	「若草」			
(77)	**母国語の祈禱**	3·5	「文章倶楽部」		3·4	（四）

(78)	**空家**	3·6	「創作月刊」			（五）
(79)	**故郷**	3·6·11	「時事新報」	「小品二題」	3·6	（二）
(80)	**母の眼**	3·6·12	〃		3·6	（一）
(81)	**士族**	未詳	『日本小説集 第五集』（新潮社 昭和4・5）		3·6	（四）
(82)	**三等待合室**	3·7	「1928」		3·6	（三）
(83)	**叩く子**	3·9	「創作月刊」		3·8	（六）
(84)	**秋の雷**	3·9·2	「大阪朝日新聞」	『日曜乃ぺいぢ』		（四）
(85)	**家庭**	3·10·19	「時事新報」	「人事風景」	3·10	（一）
86	本門寺御会式（初出「御会式小景」）	20、21	〃			
(87)	**時雨の駅**	23~27	〃		3·10	（四）
(88)	**質屋にて**	4·1·1	「週刊朝日」			（四）
(89)	**黒牡丹**	4·1·6、7、9	「時事新報」		3·12	（五）
(90)	**日本人アンナ**	4·3·9	「東京朝日新聞」		4·2	（三）
91	花嫁姿	4·4	「若草」			
(92)	**雪隠成仏**	4·4	「没落時代」			（四）
(93)	**離婚の子**	4·6	「新潮」		4·5	（六）（七）
(94)	ロケエシヨン・ハンチング	4·6	「若草」	『初夏を探す六人の登場人物』		（七）
95	逗子・鎌倉	4·7	「文学時代」	『避暑地ローマンス』「ロマンス以前」(副)		
96	都会の手帳	4·7	「文学時代」	『虚栄の市』		
(97)	**顕微鏡怪談**	4·8	「文藝春秋」	『怪談コント』		（三）
98	閨房の舞踏	4·8	「講談倶楽部」			
(99)	**踊子旅風俗**	4·9	「婦人サロン」	『コント五篇』	4·7	（三）
(100)	パテベビイの答案	4·9	「近代生活」	『秋のフアンテージー』		（六）
101	彼女等に就て	4·9	「文学時代」			
(102)	**望遠鏡と電話**	5·2	「新潮」		4·8	（五）

(103)	**白粉とガソリン**		**未詳**（1930・4）		（五）
(104)	**鶏と踊子**	5・5	「文学時代」	『地図に無い街々の話』 「浅草」(副)	（五）
(105)	靴磨き	5・7・24	「報知新聞」		（三）
(106)	**化粧の天使達**	5・9	「近代生活」		（六）
107	秋消える海の声	5・9	「若草」		
108	海に来る秋	5・9	「文学時代」	『新秋・季節の風景』	
109	売声	5・10	「文学時代」	『新鋭・四十六作家集』	
(110)	**縛られた夫**		**未詳**（1930・10）		（三）
(111)	二重の失恋	6・1	「雄弁」	『新短篇三人集』	（六）
112	女を売る女	6・3・10	「サンデー毎日」		
(113)	舞踊	6・4	「若草」		（五）
(114)	**舞踊靴（初出「舞踏靴」）**	6・4・5	「サンデー毎日」		（五）
(115)	鉄の梯子	6・8	「若草」		（五）
116	騎士の死	6・9・10	「サンデー毎日」		
(117)	**楽屋の乳房**	6・11	「文学時代」	『秋の新感覚』	（五）
(118)	靴と白菜	7・2	「婦人画報」	「昼の恋夜の恋」	（三）
(119)	**眠り癖**		〃		（三）
(120)	**雨傘**	7・3	「婦人画報」	「恋の来どころ」	（三）
(121)	**喧嘩**		〃		（三）
(122)	**顔**	7・4	「文藝春秋」	「短篇集」	（三）
(123)	**化粧**		〃		（二）
(124)	**妹の着物**		〃		（四）
(125)	**死面**	7・4	「婦人画報」		（四）
(126)	踊子と異国人の母	7・4	「令女界」		（七）
127	貞操の番犬	7・5	「文学時代」	『動物短篇集』	

⑫⑧ 128	**舞踊会の夜**	7·5	「新潮」	『コント・デ・コント』	(五)
129	父の十年	7·6	「現代」		(六)
130	浅草に十日ゐた女	7·7·1	「サンデー毎日」		(七)
131	**眉から**	7·11	「婦人画報」		(三)
132	父となる話	8·4·2	「週刊朝日」		(六)
133	**藤の花と苺**	8·6	「婦人倶楽部」	『傑作コント初夏の感触』	(三)
134	**秋風の女房**	8·10·2	「週刊朝日」	『剪燈夜話』「秋の女房」	(六)
135	九十九里	8·12	「現代」		(六)
136	令嬢日記	9·1·1	「福岡日日新聞」	『新春女風景〔その一〕』	
137	**愛犬安産**	10·1·21	「東京日日新聞」	『月曜よみもの』	(六)
138	**ざくろ**	18·5	「新潮」	「少女の手記より」(副)	(二)
139	**十七歳**	19·7	「文藝春秋」	「一草一花」	(一)
140	**わかめ**		〃		(三)
141	**小切**		〃		(六)
142	**さと**	19·10·18	「写真週報」		(二)
143	**水**	19·10·25	「写真週報」		(二)
144	冬の曲	20・4	「文芸」		
145	**五拾銭銀貨(初出「挿話」)**	21·2	「新潮」		(一)
146	**さざん花**	21·12	「新潮」		(六)
147	夢	22·11、12 合併号	「婦人文庫」		
148	**紅梅**	23·4·1	「小説新聞」		(二)
149	**足袋**	23·9	「美しい暮しの手帖」		(一)
150	反橋(初出「手紙)	23·10	「別冊風雪」		
151	**かけす**	24·1	「改造文藝」		(二)
152	**夏と冬**		〃		(四)
153	しぐれ	24·1	「文藝往来」		
154	住吉(初出「住吉物語」)	24·4	「個性」		

155	雨の日	24·5	「素直」		(七)
⑮⑥	**骨拾ひ**	24·10	「文藝往来」	『短篇珠玉集』	(六)
⑮⑦	**笹舟**	25·4	「改造文藝」		(二)
⑮⑧	**卵**	25·5	「人間」	「二つの短篇」	(一)
⑮⑨	**滝**		〃		(四)
⑯⓪	**蛇**	25·7	「文藝」		(三)
⑯①	首輪	26·1	「新潮」		(七)
162	明月	27·11	「文藝」		
163	「小説その後　舞姫」	28·1·1	「朝日新聞」		
⑯④	雨だれ	31·1	「新潮」		(七)
165	弓浦市	33·1	「新潮」		
166	匂ふ娘	35·11	「中央公論」		
⑯⑦	**秋の雨**	37·11·10	「朝日新聞　PR版」		(一)
⑯⑧	**手紙**	37·11·17	〃		(一)(三)
⑯⑨	**隣人**	37·11·24	〃		(一)
⑰⓪	**木の上**	37·12·1	〃		(五)
⑰①	**乗馬服**	37·12·8	〃		(一)
⑰②	**かささぎ**	38·7·21	〃		(二)
⑰③	**不死**	38·8·4	〃		(四)
⑰④	**月下美人**	38·8·11	〃		(一)
⑰⑤	**地**	38·8·18	〃		(五)
⑰⑥	**白馬**	38·8·25	〃		(三)
⑰⑦	**雪**	39·1·1	「日本経済新聞」		(六)
⑰⑧	**めづらしい人**	39·11·15	「朝日新聞　PR版」		(一)(六)
⑰⑨	髪は長く	45·4	「新潮」		(三)
⑱⓪	竹の声桃の花	45·12	「中央公論」		(三)
181	隅田川	46·11	「新潮」		

182　雪国抄　　　　　47·8·13「サンデー毎日」

本一覧は『川端康成全集　第一巻』（新潮社　昭和56·10）の「掌の小説」に収録の122篇（新潮文庫『掌の小説』平成元・６も同じ）、松坂俊夫『川端康成「掌の小説」研究』（教育出版センター　昭和58・10）の128篇、長谷川泉「『掌の小説』論」（『川端康成論考　長谷川泉著作選５』明治書院　平成３・11）の147篇をもとに、「ある夜朝草」を削除し、新たに35篇（網をかけた作品）を加えたものである。

「掌の小説」一覧には、他に石川巧「〈掌の小説〉論序説」（「叙説」平成９・１）と羽鳥徹哉「〈掌の小説〉一覧表」（『論集 川端康成 ― 掌の小説』平成13・３、おうふう）がある。

＊　**全集、文庫本掲載**の「掌の小説」はゴシック。それ以外の作品は25篇（松坂、長谷川に記載の作品）＋35篇（森が加えた作品）。

作品番号に○は前６著と本著に作品論を掲載した「掌の小説」。

総題のうち『　』は、他の作者の作品を含む総題。

発表誌（紙）未詳作品のうち（ ）は、執筆年月日。

執筆年月日は初出誌紙、『感情装飾』、『僕の標本室』の各作品の文末による。

収録番号は『川端康成「掌の小説」論』の ㈠「心中」その他 ㈡「貧者の恋人」その他　㈢「雨傘」その他　㈣「日向」その他 ㈤「有難う」その他　㈥「雪」「夏の靴」その他　㈦川端康成と『掌の小説』、による。

森　晴雄（もり　はるお）

著書　川端康成『掌の小説』論―「心中」その他
川端康成『掌の小説』論―「貧者の恋人」その他
川端康成『掌の小説』論―「雨傘」その他
川端康成『掌の小説』論―「日向」その他
川端康成『掌の小説』論―「有難う」その他
川端康成『掌の小説』論―「雪」「夏の靴」その他
川端康成と佐藤碧子
―『川のある下町の話』の舞台・西小山、立会川　など　六作品

作品論集　梶井基次郎「桜の樹の下には」論　その他
車谷長吉『愚か者』の世界
遠い陽射し　淡樹と十二の掌篇（掌篇小説集）
編著　嘉村礒多と尾崎一雄―「自虐」と「暢気」
以上　龍書房刊

奥附

川端康成と『掌の小説』
宇野千代、伊藤初代、「首輪」など

二〇二三年四月十五日　発行

著　者　森　晴雄
〒一五二―〇〇〇一
東京都目黒区中央町一―二―十七

発行者　川畑　弘
発行所　龍　書　房
〒一六二―〇八〇一
東京都新宿区山吹町三五二
（〇三）六二八〇―七三五五

印刷所　㈱アドヴァンス

定価　二六四〇円

森晴雄著　龍書房の本

川端康成『掌の小説』全一二二篇の作品論完結

川端康成『掌の小説』論—「心中」その他
一八九頁　平成9年4月刊　二〇〇〇円＋税

「五拾銭銀貨」—平島愛子「特賣場」に触れつつ／「母の眼」—「温泉場の事」に触れつつ／「心中」—夫の哀しさ　等。

「卵」「五拾銭銀貨」「母の眼」「めづらしい人」「乗馬服」「隣人」「月下美人」「手紙」「秋の雨」「足袋」「十七歳」「金糸雀」「歴史」「硝子」「屋上の金魚」「家庭」「女」「子の立場」「龍宮の乙姫」「時計」「心中」・「高原」／十六歳の日記／太宰治と川端康成／川端康成小伝

川端康成『掌の小説』論—「貧者の恋人」その他
二一四頁　平成12年11月刊　二四〇〇円＋税

婦人雑誌の投書をもとにした「さと」「水」、他作家の作品等との関わりを論じた「貧者の恋人」「金糸雀」（再論）など、川端文学の広がりを感じる一冊。

「貧者の恋人」—チェーホフ、梶井基次郎に触れつつ／「指環」—子供の計略／「ざくろ」—〝秘密のよろこび〟と〝恐ろしさ〟／「水」—アジアと川端文学　等。

「貧者の恋人」「馬美人」「金銭の道」「落日」「百合」「金糸雀」（再論）「お信地蔵」「港」「冬近し」「髪」「指環」「滑り岩」「神います」「一人の幸福」「白い花」「敵」「故郷」「ざくろ」「さと」「水」「紅梅」「笹舟」「かけす」「かささぎ」／三島由紀夫「哲学」と川端康成「化粧」／「金銭の道」校異

川端康成『掌の小説』論—「雨傘」その他
二一二頁　平成15年5月刊　二四〇〇円＋税

初期から最晩年に掛けての川端文学の特色を、掌の小説から読み解いた論集。

「雨傘」—夫婦のやうな気持／「合掌」—自分の力／「手紙」（再論）—岡本一平に触れつつ／「竹の声桃の花」—鷹の力　等。

「雨傘」「踊子旅風俗」「縛られた夫」「日本人アンナ」「靴磨き」「顔」「夫人の探偵」「顕微鏡怪談」「三等待合室」「藤の花と苺」「眉から」「靴と白菜」「眠り癖」「喧嘩」「合掌」「屋根の下の貞操」「万歳」「神の骨」「死顔の出来事」「霊柩車」「赤い喪服」「わかめ」「蛇」「手紙」（再論）「白馬」「竹の声桃の花」「髪は長く」

川端康成『掌の小説』論―「日向」その他
二八七頁　平成19年12月刊　二八〇〇円＋税

「日向」―恋の初め／「男と女と荷車」―「弱虫」と「お転婆」／「時雨の駅」―化粧の幸福／「不死」―その成立と主題　等。

「弱き器」「鋸と出産」「日向」「写真」「母国語の祈祷」／「男と女と荷車」「夜店の微笑」「帽子事件」／「海」「静かな雨」「人間の足音」／「雀の晩酌」「母」「スリの話」「処女の祈り」「笑はぬ男」「士族」「質屋にて」「死面」「秋の雷」「雪隠成仏」「妹の着物」「時雨の駅」「滝」「夏と冬」「不死」

川端康成『掌の小説』論―「有難う」その他
二二七頁　平成24年3月刊　二四〇〇円＋税

「盲目と少女」の街並や、「舞踊会の夜」の公演、「玉台」のビリヤードの資料等を参考に、読みを深めた論集。

「盲目と少女」―自分の生活／「有難う」―乗合自動車の日常／「玉台」―自身の神経／「バッタと鈴虫」―「一つの童話」　等。

「木の上」「地」「舞踊靴」「黒牡丹」「望遠鏡と電話」「盲目と少女」「舞踊会の夜」「鶏と踊子」「楽屋の乳房」「空家」「舞踊」「鉄の梯子」「門松を焚く」「白粉とガソリン」「有難う」「朝の爪」「二十年」「火に行く彼女」「胡頽子盗人」「駿河の令嬢」「恐しい愛」「玉台」「バッタと鈴虫」「月」／『一草一花』をめぐって

川端康成『掌の小説』論―「雪」「夏の靴」その他
二二九頁　平成28年3月刊　二四〇〇円＋税

「処女作の祟り」論（書き下ろし）の他、『感情装飾』の構成、『掌の小説』一覧などを収録。新たに初出と全集本の異同を誌した『掌の小説』略校異を付した。

「雪」―「疲労の果て」と「雪の鳥」／「父の十年」―伊藤初代の川端邸訪問　等。

「雪」「小切」「さざん花」「秋風の女房」「愛犬安産」「化粧の天使達」「犬」「離婚の子」「九十九里」「パテベビイの答案―K・S氏に―」「叩く子」「父の十年」「生命保険」「二重の失恋」「父となる話」「夏の靴」「処女作の祟り」「猪の親」「近火」「骨拾ひ」／『感情装飾』の構成／「駿河の令嬢」補遺／「めづらしい人」の推敲／新潮文庫版『掌の小説』について／研究余滴

川端康成と佐藤碧子

『川のある下町の話』の舞台・西小山、立会川　など　六作品

目次

一三六頁
令和2年12月刊
定価　二〇〇〇円+税

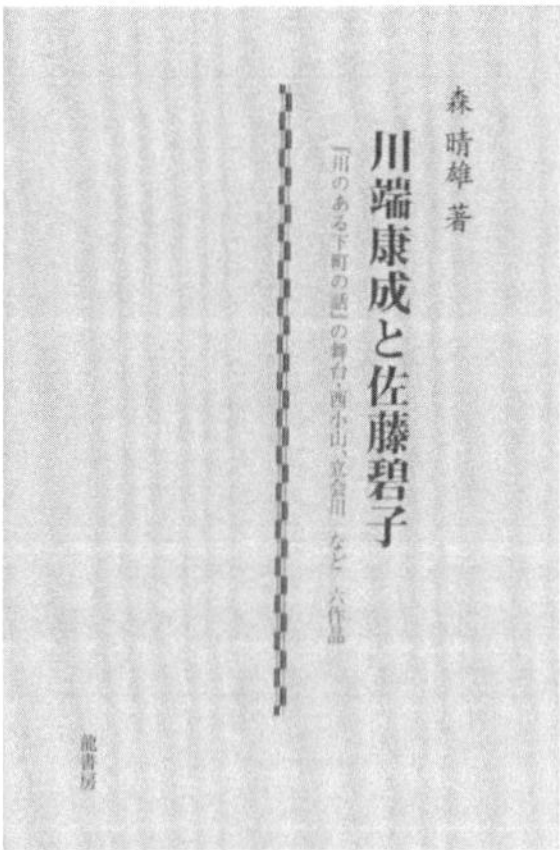